好兔推倒窩邊草

The Rabbit Eager to Love

我願意再多努力一點點，再多堅持一點點，
只為了能在你眼裡閃閃發亮。

上官憶 著

楔子　我不是美人魚

空氣中充滿氯氣的味道，震耳欲聾的加油聲像被包裹在保鮮膜裡，回音再回音之後全糊成一團，聽起來不那麼真切，而我耳裡迴盪著的，是爸爸說過的話：

「小兔跟媽媽一樣，是水裡的美人魚。」

我沒見過媽媽本人，不知道她是怎樣的美法，我只知道，我絕對不會是美人魚。

站在泳池的跳台上，我蹲低身子，緩緩前傾，望向腳下的粼粼水道，心中起了叛逆的想法，還在考慮要不要這麼做，一旁的裁判已經喊道：「預備——」

「嗶！」

哨音短聲一下，片刻的遲疑被身體的本能衝破，我縱身一躍，嘩啦的入水聲好像觸發了某種魔咒，等我回過神時，我的手已觸牆，全場歡聲雷動。

我浮出水面往後一看，電子計分板上的選手名字，「郝逸希」三個字登登登一路往上攀升，最後停在最頂端的位置。

啊啊啊啊啊，我不要我不要！

我不要拿冠軍啦！

我明明打算在裁判吹哨之前就跳下水，繼而被取消比賽資格，再不濟，至少也上演一齣抽筋的戲碼以便棄賽，結果大腦下達指令的速度完全跟不上身體的衝動，彷彿是一個眨眼間，我就飆到了終點……

「小兔，幹得好！照這樣的實力游下去，搞不好妳今年就能取得國手資格。」上岸後，身爲教練的爸爸將浴巾披上我的肩頭，拍拍我的腦袋，眼底滿是讚賞。

我才不要取得國手資格！

但這句話我沒膽跟他說。

我走回選手休息區，堂妹兼閨蜜的郝蕾一看見我，立刻連跑帶跳地撲上我，興奮大嚷：「好兔又破大會紀錄啦！人家都說妳內建抽水小馬達，果然沒錯，妳足足比第二名多了一個身長耶！」

聽到她這麼稱讚，我一點都不開心。

「妳乾脆說我很大隻算了。」我哭喪著臉。

郝蕾遲鈍地沒發現我的沮喪，補刀：「對啊，而且妳還有二頭肌、腹肌，完美的倒三角身材。」

「這有什麼好高興的，聽起來就像在說，我是男人。」我悶悶不樂地坐下。

這就是爲什麼我不想再繼續游泳的原因之一。

我天生身高腿長，不只擁有一百七十公分高的個子，還因爲從小練習游泳的緣故，練成了厚胸、寬肩、窄臀的身材，再這樣下去，我怕自己眞的會變成男人。

重點是，游到現在，我不知道我爲什麼要游泳。

所以我發誓，發重誓，上了大學之後，我絕對不要再參加泳隊！

「妳沒發揮實力吧。」

冷冷的嗓音響起，就聽郝蕾花痴似的大叫：「歐巴，你來啦！」

齁。

「跳水前妳猶豫了，慢了半秒出發。」穿著運動褲的兩條大長腿在我面前停下腳步，來者雙手抱胸，居高臨下睨著我，「妳是不是本來想在比賽中犯規或棄權？」

什麼！居然被看出來了！

「歐時庭，拜託你不要告訴我爸。」我雙眼閃著星星般的光芒向他求情，心裡卻是對他感到無數圈叉。

我的祕密只有歐時庭知道，但他超不靠譜，隨時都有可能把這機密洩露給我爸知道。

幸好到目前爲止，爸爸都還不知道我密謀選填一所離家最遠的大學，離爸爸越遠越好，我要展開新生活，從此不再游泳！

想是這麼想，但命運又豈會輕易放過我呢？

果然，關鍵時刻，身體本能掌控了我的所有，我不小心又破了游泳大會紀錄，導致事情的走向完全偏離我既有的計畫。

加上我這沒用的軟爛個性，沒種跟爸爸唱反調，最後我仍是依著他的規畫，以全國中等學校運動會的優秀成績保送最好的大學，也就是學霸歐時庭就讀的花梨大學。

爸爸還說：「有小歐在我比較放心，有事他會幫妳的。」

嗯，花梨大學離家鄉遠是遠，但在我的藍圖裡，不應該有個歐時庭做插花啊！

接著爸爸又對歐時庭說：「你就像是小兔的哥哥，她在生活、課業方面都不太行，以後麻煩你多照顧她了。」

拜託，可以不要嗎？

歐時庭的媽媽是我的保母，我從小和他一起長大，年長我兩歲的他，總喜歡管束我、使喚我，我們由國小到高中都是讀同一所學校，十分孽緣，直到他去外地念大學，我才終於逍遙了兩年，現在又要與他合體，光是想到這件事我就傷心。

會不會，我幻想中那多彩多姿的大學生活，即將要被他給毀了啊？

第一章　胸肌、腹肌、倒三角

我是郝逸希，今年十九歲，花梨大學一年級新生，生肖屬兔，乳名「小兔」，因爲姓氏諧音的緣故，大家都叫我「好兔」。

九月，正值秋高氣爽的好時節，適合開學。

才怪。

天氣還是熱得要死，走在校園裡，我覺得自己熱到快被蒸發了。

郝蕾與我一同就讀花梨大學，由於我們是外地學生，所以早在新生訓練前三天便已搬進學校宿舍。歐時庭本來打算提早返校，好帶我熟悉環境，但我想到未來四年日子那麼長，想要再多自由幾天，於是私下串通歐爸、歐媽把歐時庭留在家裡。

然而，事情總是一體兩面。

自由誠可貴，路痴沒藥醫。

少了歐時庭罩我，我等於將自己暴露在地球這危險的環境裡。

日正當中的時分，郝蕾一句「胖子怕熱」，就讓我去跑腿買午餐，好不容易我按著新生手冊的地圖來到學生食堂，買完便當準備回宿舍，結果明明才剛走過一遍的路線，回程我竟還是迷了路。

花梨大學占地遼闊，並且依山而建，因此什麼沒有，樹最多，校園裡到處都是林蔭大道，繞來繞去就像是鬼打牆，每條路在我眼裡都長得一樣。

「郝逸希，妳買午餐是買到美國去了喔，肸子快餓死了呀……」郝蕾可憐兮兮的聲音，透過手機傳了過來。

「齁唷，我迷路了啦！」

「叫小黃啊。」

「我在學校裡好嗎？叫什麼小黃。」我頹然蹲在路邊，邊擦拭額際的汗水，邊抬頭看著這一片讓我迷路的樹林，一方面痛恨，一方面卻也感激，如果沒有這些樹蔭替我遮去大半陽光，可能我早就中暑休克，倒地不起了。

「在學校裡也能走丟，眞服了妳。」

聽那語氣，似是準備對我囉唆一陣，我連忙打斷她的話，恐嚇道：「別念了，要是我繞太久肚子太餓的話，就直接連妳的午餐一起吃掉！」

郝蕾果然立刻閉嘴求饒：「不要啦，妳看看有沒有其他人路過，請他帶路或是問路都好，千萬千萬不要吃了我的午餐。」

我左看看，右看看，這附近別說是人，連隻貓都沒有，我到底是走到哪了？

唉。

思來想去，我腦海裡蹦出的全是歐時庭的身影，內心不斷掙扎著是否要打視訊電話讓他那個遠水救我這個近火，可這通電話一撥，以他的個性肯定會臭罵我一頓，接著馬上衝回學校，展現爲人大哥的氣魄……好端端的，我幹麼搬石頭砸自己的腳？

正當我感到一籌莫展時，郝蕾的聲音再度透過手機傳來，「妳是不會Google地圖，自動導航喔？」

眞是一語驚醒夢中人。

「對耶！好了，我導航去，拜。」

我歡歡喜喜開啓手機定位功能，搜尋到自己目前所在的位置，倏地，手機一片黑屏，只見螢幕中間冒出個小圈圈轉啊轉，顯示電量過低，下一秒，手機便自動關機了。

在這個重要時刻，它居然關機了！

我再怎麼跺腳森七七都沒用，手機死活就是不給開機。

不過沒關係，正所謂上帝關了你一扇窗，必會給你留一道牆，好讓你狗急能跳牆。

……應該吧。

我滿腹無奈，繼續漫無目的地在林蔭大道裡兜轉，忽然聽到身後傳來沉穩的引擎聲，回頭一望，發現有台車迎面駛來，而且是一台閃著漂亮光澤的深藍色跑車。

大學校園裡出現跑車的機率有多少？想來是不高吧，沒想到竟然被我遇上了一台，簡直酷斃了！

「嘿，這裡、這裡！」我趕緊舉高雙手，在路邊又叫又跳。

跑車咻地從我的前方飛速掠過又急煞，停了一秒，慢慢倒車回到我面前，不透光的車窗緩緩降下，就見跑車的內部極度奢華，充滿質感。

不只如此，當我彎下身子打算向車主問路時，瞬間目瞪口呆。

坐在駕駛座上的人，即使戴著一副雷朋墨鏡，仍看得出墨鏡底下是張俊顏，就像是從美劇裡頭走出來的美男子。

爲什麼不是韓劇是美劇？因爲……我遇到了一個外國人！

「E、Ex……泥好……」慘了，我這英文渣，連句話都說不清楚，這下該如何是好？

倒是外國人先開口，並且，他說的是中文，雖說有點口音，但稱得上標準，「有什麼需要我幫忙的嗎？」

「我、我、我迷路了……」天啊，路痴就算了，我還結巴，好糗。

「迷路了？需不需要我載妳一程？」

聽他這麼一說，我忍不住拍了拍自己的臉頰，想確定自己是不是身在《流星花園》般地瑪麗蘇夢境裡，如果這一切都是眞的，那我上輩子肯定拯救了地球。

「可以嗎？」我睜大眼看著他，既期待又怕受傷害。

「當然，上車吧。」他阿莎力地拍拍副駕駛座，汽車中控鎖「喀」的一聲被解開。

「謝謝！」我沒有與他客氣，直接拉開車門坐上車。第一次坐頂級跑車，皮革椅墊的舒適度就是不一樣，質感好又有彈性，一屁股坐下去宛如回到媽媽的懷抱，舒服又自在。

我邊繫安全帶邊說：「你人眞好，願意載我一程。」

「舉手之勞而已。去哪？」他彬彬有禮地回應，雙手握著方向盤、雙目直視前方，一副安全駕駛的模樣。

「花想樓。」也就是女生宿舍。

「妳是新生？」車子往前駛去，他主動和我攀談，一雙眼仍專注於路況。

「對，今年一年級。」其實我心裡挺緊張的，擱在膝蓋上的兩隻手不自覺地互擰著。

「小大一啊，眞可愛。大學生活是很精彩的喔，歡迎來到花梨大學。」他輕輕勾起嘴角，露出一個好看的微笑。

好溫柔的人……我一時看怔了。

他的聲音很好聽，說著「小大一」時的語氣酥酥緩緩，讓人聽得很是舒服，彷彿在輕撫小貓咪一般，我差點不小心「喵」了一聲，心猛地跳了下。

莫非這就是所謂的心動？還是單純因爲我早上咖啡喝太多，心悸了？我分不太清楚自己屬於哪種情況。

不過可以確定的是，從小在男生堆裡長大的我，第一次有了被異性吸引的感覺。

過去身邊的那些臭男生都晒得黑不溜丟又幼稚粗魯，唯一能拿出來說嘴的歐時庭，雖然高顏值、高智商，但他的脾氣實在太差又是個控制狂，誰看到誰落跑。談戀愛嘛，當然還是要找眼前這款溫柔美男才是！

於是我鼓起勇氣，開口問：「請問……你是學長嗎？」

「是啊，我今年大三，妳可以叫我Robert。」

「學長，你一個外國人中文講得眞好。」我喃喃低語，對他有點好奇。

大學生開著頂級跑車這件事本身就夠讓人驚訝了，何況他還是個超帥的外國人，且說了一口流利的中文，這太不科學了啊。

他微笑解釋：「半個，我是中德混血兒。」

Wow！擁有頂級跑車的超帥中德混血兒學長，應該是少女們心目中的理想型吧。

不過我對他的好奇也只能到此爲止，因爲車子已抵達目的地。

奇怪，我不是迷路很久嗎？還以爲我走了很遠，沒想到上車不到三分鐘就回到花想樓了。

「到嘍，下次不要再迷路了。」Robert摘下墨鏡，直到此刻才正顏面對我，再次溫柔微笑。

我瞬間看傻了。帥……好帥！

他有一雙非常漂亮的眼睛，眼珠是湛藍色的，就像是在他如刀鑿的深邃五官裡鑲了兩顆藍寶石，當他看著我的時候，我覺得自己彷彿被捲入藍色漩渦，那種感覺簡直太懾人了。

「謝謝學長！」我可以說是落荒而逃。

回到宿舍，才想起我竟忘了自我介紹，也沒留他的電話或是交換Line什麼的，不禁感到懊惱。

我剛剛幹麼那麼緊張！

校園那麼大，我還有機會再遇到他嗎？怎麼樣也該對他的熱心助人表達謝意，是吧？

好在我有線索——

大三學長，Robert。

耶嘿，我迫不及待想快點展開花樣般的大學新生活啦！

❖

可惜現實總是與我內心所想的不一樣。

由於歐時庭的關係，我的花樣校園生活還沒開始，便注定走入被支配的黑白人生。

之所以說「被支配」，是因爲花梨大學校風自由，落實學生自治，校方很尊重學生會，因此挾帶龐大民意當選學生會長的歐時庭，擁有了在我看來很大的權力，而我原本便是他管束習慣的妹妹，在我們同校、他又是會長大人的前提下，我很難擺脫他的魔掌。

例如住進宿舍這件事，就是歐時庭的「功勞」。

花梨大學位在首善之都，占地廣大且環境清幽，宿舍一床難求，然而歐時庭不只藉由他學生會長的勢力，讓我和郝蕾住進全新完工的花想樓，而且還是物超所值的雙人套房！說好聽是福利，實際上則是方便他掌控我的大學生活啊，別以爲我不知道，哼。

提前入住宿舍的日子在新生訓練的推波下，無聊又精實地度過了三天，緊接著而來的，是盛大的開學典禮。

正式身爲小大一的第一天，好夢正酣的我，一早就被手機鈴聲吵醒。

我迷迷糊糊接起手機，「喂？」

「起床，開學典禮不准遲到。」歐時庭的聲音透過手機傳了過來。

一聽見他的指令，我的身體似是被植入程式般地從床上彈起，只差沒回他一句：好的，主人。

我跳下床梳洗完畢，看到郝蕾還躺在床上，並且和韓國男團EXO的吳世勛一比一人形抱枕纏成麻花捲，我心裡就不舒坦，索性爬上床，狠狠抽出她的抱枕。

「郝蕾，起床！開學典禮不准遲到！」我無法控制地說了跟歐時庭一模一樣的話。

「拜託，大學生有誰會去參加開學典禮啦……」郝蕾含糊不清地嘟囔著，翻了個身繼續睡。

「我們是新生耶。」我不管，我都清醒了，怎麼可以讓郝蕾自己睡得那麼香甜。

於是我費盡九牛二虎之力將郝蕾弄下床，二十分鐘後，她心不甘情不願地被我拖出宿舍，同時不斷朝我出拳、拚命搥打我。

「死兔子、臭兔子！妳『好意西』啊，這樣對我！」

每當郝蕾生氣時，她都喜歡用港式國語「好意思」罵我，諧音就是我的名字——郝逸希，這是我們兩姊妹之間無聊的梗。

「對啊，我『好意西』。況且是歐時庭叫我去參加開學典禮的，他叫我往東，我不敢往西。」我邊躲她的花拳繡腿，邊笑說。

「那我算什麼？」她抖著圓滾滾的身軀嬌嗔。

「我往東，妳就不准往西。」從小在歐時庭「淫威」下長大的我，唯一能夠欺負的，也只有同齡堂妹兼閨蜜的郝蕾了。

我倆打打鬧鬧地走出女宿，歐時庭高大的身影旋即映入眼簾，我頓時感覺內心世界暗了一個色階。

他雙手半插口袋，站在桂花樹下，一身西褲西服，內搭白色T恤，腳上穿著白色休閒鞋，打扮得像韓國男團偶像出席記者會似的。

我不耐地瞥了他一眼。

這傢伙，一大早跑來這裡假掰什麼，是沒別的事可以做嗎？

「歐巴！」郝蕾和我不同，她從小就迷戀歐時庭，一見到他等在宿舍外，立刻飛撲過去準備來個熊抱。

歐時庭俐落閃過郝蕾，逕自走到我身邊，伸手勾住我的頸子，「開學典禮結束後，直接到游泳校隊報到。」

爲什麼！

我在心裡怒吼，現實生活中的我卻只能小聲囁嚅：「可是我想參加別的社團。」

「來不及了，早在妳入學之前，游泳校隊的總教練就已經指定要妳入隊。」

「都不用尊重個人意願的嗎？」

「尊重。他問過了，我說好。」

「你說好，又不代表我說好！」

「我說好，就代表妳說好。」

……我們現在是在玩繞口令嗎？

「歐時庭，你明明知道我——」

「叫我學長，或是會長。」他打斷我的話。

我在心裡翻了無數個白眼，可我絲毫不敢表現出來，面上仍是維持一貫的卑微，諂媚道：「會長大人，我眞的不想再游泳了，拜託你讓我參加其他社團吧。」

我已經是個一百七十公分高的大隻女，此刻還是得仰頭看歐時庭，老天，他在這兩年間到底又長高了多少？

「欸，你現在多高啊？」我好奇地問他。

「一八八。」

「怪不得我抬頭抬到脖子有點痠。」部分原因是被他勾得有些疼。我揉揉肩頸，不料他一個反手，五指微動，竟是幫我輕輕按摩了起來。

「妳想參加什麼社團？」歐時庭的語氣極爲溫柔，不知爲何，在我聽來似乎帶點威脅感。

我想參加什麼社團？

我默默思索了大半天，驚覺自己居然找不到答案！

沒想到這問題被人正式提問後，會如此難回答，就像益智節目裡最終極的難題。

過去十九年的人生，我都泡在水裡，除了游泳隊之外，這世界究竟有些什麼社團，我還眞是一點概念都沒有。

「我……我也不知道。」原先想著開學之後有社團博覽會，可以慢慢了解了解再決定的，然而歐時庭顯然沒打算讓我等到那個時候。

「這樣吧，郝蕾參加什麼社團，妳就參加什麼社團。」歐時庭朝著我那被晾在一旁晒太陽的閨蜜望去。

「我嗎？」郝蕾指著自己，眼裡彷彿冒出桃心，「歐巴在哪裡，我就在哪裡。」

「我是學生會長，不會參加社團。但我從大一就一直在游泳校隊裡擔任顧問，待在泳隊的時間比待在學生會還要多。」

「那我就去泳隊嘍！」郝蕾顯得興高采烈。

我傻眼，「妳這個不會游泳也不想學游泳的人，跟人家去什麼泳隊啊？」

「行，泳隊經理這學期開始要去企業實習，妳來接這空缺。」歐時庭雖是對著郝蕾說話，眼神卻落在我身上，露出得逞的微笑。

「好啊、好啊。」郝蕾興奮回應。

我暈。

郝蕾這胳臂往外彎的女人，八成早就被歐時庭給收買了！

於是，我，郝逸希，大一開學第一天，在毫無防備下，被好閨蜜出賣，就這麼進了花梨大學游泳校隊，繼續我的水上人生。

除了哭，我想不到其他情緒來表達這一刻的悲摧心情。

到了禮堂，我才知道歐時庭之所以穿得像個男團偶像，是因爲他今天代表學生會上台致詞，歡迎大一新生。

他從來不是個惜字如金的人，整天都愛在我耳邊碎碎念，但我卻是頭一回在公開場合領教他的口才之好，怪不得他會選讀法律這種需要辯才無礙的科系，好像還眞有那麼點適合。

也是參加了開學典禮，我才領略到歐時庭人氣爆棚的程度，居然連禮堂走道都站滿了人，只差沒在室外立兩個同步連線的大螢幕，盛況幾乎可以媲美韓星見面會。

這不過是開學典禮耶……好吧，是我小看了他的個人魅力。

仔細回想，從小到大，歐時庭便一直是株校草，走到哪都是女孩們追逐的對象，小時候光是我轉手過的情書就不知凡幾，後來有了手機以及各種社交平台後，她們轉而希望能透過我要到歐時庭的臉書、Line或是IG帳號，可惜我實在太不濟，根本不敢外洩他的個資，但這仍無損他在少女們心目中偶像般的地位，她們依然瘋狂地熱愛他。

只是我有點不太能理解，爲什麼女生會喜歡歐時庭這種全身上下沒有一點人情味，且霸道得不得了的男生？我是沒辦法逃離他的魔掌，不然從我懂事就想擺脫他，更是完全不想在與他闊別兩年後，又在大學合體。

好吧，言歸正傳，開學典禮過後，歐時庭很快被淹沒在人海中，料想他也沒空壓著我去游泳隊報到了。

耶！

我正慶幸自己重獲自由，想著該幹什麼去好，便看見歐時庭踩著穩健的步伐朝我走來。

可、可惡！在那重重人牆的包圍下，他怎麼有辦法脫身？

「郝蕾，我們快走。」我慌張不已，轉身就想逃。

「想跑？」歐時庭一把揪住我的衣領，低沉的嗓音透露出危險。

「沒有啊。」我心虛吐舌，哀怨看向旁邊的郝蕾，果然，她的桃心眼又出現了。

就見郝蕾完全體現見色忘友這句成語的精髓，並且表現得十分積極，「歐巴，我們正要去游泳隊報到呢！」

「很好，我帶妳們過去。」他微微點頭，示意我們尾隨其後。

事已至此，我也只好乖乖跟在歐時庭的身後，前往綜合體育館。

開學第一天，時近中午，室內游泳池內的光景著實令我意外。

池裡、池畔都有不少人在活動，看上去很悠閒自在，由於還不到對外開放的時間，我猜這些人應該都是自主練習的校隊隊員。

歐時庭領著我們朝隊務辦公室走去，沿路上不管見到誰，那人都能與歐時庭說上兩句，互動熱絡，想來他經常在這邊走動。

歐時庭自小便非常熱衷「游泳」這件事，說得一嘴好泳技，對每一場比賽如數家珍，甚至還能點出我技巧上的不足，完全得到我爸的眞傳。

然而，歐時庭的祕密只有我知道，他不是、也不可能會是游泳隊的成員，因爲他不僅不會游泳，還非常懼水，除了洗臉之外，所有會讓臉部噴濺到水的活動他都敬謝不敏。

進了辦公室，我看見一名和爸爸差不多年紀的男子，正坐在沙發上看電視。他一身運動套裝，脖子上還掛著哨子及馬表，一看就是教練之類的人物，聽到動靜，他偏頭朝我們望過來。

「小歐，你來啦？」

「總教，人我帶到了。」

欸，怎麼說得好像我是人犯一樣。

我抬眸瞥向歐時庭，他手一伸，把我往總教練跟前推去，順口介紹：「這位是徐俊、徐總教練，叫人。」

「總教好，我是郝逸希。」縱然心裡有千百個不願意，我還是絲毫不敢表現出來，只能乖順喊人。

「沒想到一眨眼，小兔長這麼大了，妳長得和妳媽媽簡直一個模樣。」總教練看著我，黝黑的臉龐露出和藹的長輩微笑，眼角的魚尾紋看上去像是能夾死幾隻蚊子。

我本是意興闌珊，但聽起來他似乎見過我，還認識我媽媽，讓我忍不住豎起耳朵，想再多聽一些關於媽媽的事。

果不其然，總教練開始緬懷過去，說起他和我爸媽年輕時是怎麼在國家游泳隊認識，並且一起受訓的上古回憶，直到有人走進辦公室。

「總教又在講古了喔。」說話的人嗓音低沉，帶點奇怪的腔調。

我和郝蕾的注意力馬上從總教練身上移向門口，只見來者穿著一條小小的三角泳褲，身上水滴流淌而下，手中抓著泳帽、蛙鏡，明顯剛從泳池裡上岸。

他身高目測超過一八〇，有著和我一樣標準的倒三角泳者身材，完美的肱二頭肌、肱三頭肌、胸肌、六塊腹肌和人魚線，對我來說有點困擾的體型，換做是男人反倒十分養眼。

但這類男體我看多了，此刻帶著健康眼光審視，腦子裡僅有身形分析沒有遐想，可我視線還沒來得及移到他的臉上，他就被歐時庭拋過去的浴巾蓋住了頭。

「有新成員入隊，別第一次見面就袒胸露背的，不禮貌。」

被歐時庭粗魯對待，那人也不在意，一把將浴巾從頭上扯下，隨意披在自己的身上。

我看清他的容貌，不禁目瞪口呆，在這座校園裡，相似的五官恐怕不容易找到第二個。

眼前這人，居然是Robert！

我興沖沖想上前跟他相認，可惜礙於歐時庭在場，只好把這個打算壓回肚子裡，然而當他主動向我和郝蕾打招呼時，一開口就讓我的少女心受傷了。

「新來的學弟、學妹，你們好！」

看樣子，他不只不記得我，還把我當成了學弟。

我哭。

「都是學妹。」歐時庭的聲音似是隱忍著某種情緒。

Robert愣了下，朝我走近。他微瞇起眼，仔細瞧了瞧我，露出恍然大悟的表情，「妳是郝逸希？全中運女子五十公尺自由式紀錄保持人！眞是久仰大名！」

「學長，你記得我？」我雙眼盈滿期待地望著他。

Robert的神情閃過一絲疑惑，隨即揚起一抹好看的微笑，「不是記得，是認得。在妳還沒入學之前，泳隊就傳遍了妳的豐功偉業，妳比賽的影片被我們當作教材，不知道觀摩了多少遍呢！是我不好，一時沒認出妳，還把妳錯當成學弟，眞是對不起。」

他的解釋依然和我不在一個頻道上，若不是我認錯人，就是他可能患有間歇性失憶症，我在他海馬迴裡的記憶點只有全中運的郝逸希，而不是有一面之緣的迷路小大一。

我收起情緒，尷尬地朝他擺擺手，表示不在意。

反正他也不是第一個誤會我性別的人。

爲了方便游泳，我一直都是留著削短髮型，加上身高比一般女孩高䠷，再穿上運動套裝，在這個允許性別模糊的多元社會裡，就經常被誤認爲是男生了。

他面露微笑，自我介紹道：「我是游泳隊的隊長，羅博特，大三運管系，妳可以叫我Robert，歡迎妳加入游泳隊大家庭。」

所以我沒認錯人，他眞的是Robert。

我知道你叫Robert，也知道你是一根美味的蘿蔔，可是你卻不記得我了。

我哀傷地在心裡O.S.。

我想，他應該不是患有什麼間歇性失憶症，而是他根本不記得那天發生的小插曲，就像他說的，那不過是個舉手之勞，他也許載過兩、三百個迷路的傻逼回家。

見我愣著沒反應，羅博特大概以爲我把被誤認成男生這件事往心裡去了，顯得特別熱情，開口道：「逸希，我們隊上會在九月的最後一個週末辦迎新宿營活動，到時候記得來玩喔！」

「迎新宿營啊，好像很好玩。」我扯扯嘴角，勉強自己展露笑顏。

忘記我了也沒關係，就當我們今天是第一次見面，重新認識彼此吧，至少隊長是他，輕易收服了我第一天就想退隊的心。

有了蘿蔔，留在泳隊裡似乎也算是個福利。

「當然，一定要來喔！」羅博特咧開一個迷死人的笑容，一頭棕褐色的頭髮還滴著水，水珠順著他的頸肩線條滑過胸膛，我瞧得都懵了。

「好兔、好兔！」郝蕾搖著我的肩膀，把我從幻想裡搖醒。

「怎樣？」我還有些恍惚，下意識擦了擦嘴角，不曉得剛剛有沒有流口水。

只見郝蕾一臉激動，嘴巴誇張地一張一闔，試圖以脣語告訴我：「歐巴站在妳後面，他很怒。」

我內心一驚！

兔子在覬覦眼前這根美味蘿蔔時，完全忘了天敵的存在。

我驚恐回眸，卻是大勢已去。

「游泳隊迎新，我也去。」歐時庭淡淡地說。

「歐巴，你那週不是有學生會幹訓嗎？」

郝蕾此話一出，我又嚇了一跳。我以爲她對歐時庭只是一般的迷妹情結，沒想到她居然連學生會幹訓的事都打聽得一清二楚！

「學生會幹訓和游泳隊迎新一起辦。」歐時庭的語氣斬釘截鐵。

「什麼時候決定的？我怎麼不知道有這件事？」這下連羅博特也跳了起來。

「現在。」歐時庭望向羅博特，「等一下我們就來討論活動細節。」

不知是不是我眼花看錯，我彷彿在他們目光交會的瞬間，看到歐時庭的眼神帶著些許火苗。

慘了，這傢伙又發作了。

不曉得從何時開始，爸爸授權歐時庭來管束著我，自此只要有關於我，啥事他都要管，可這會我好兔都上大學了，能不能放我一條生路，別人家才長出朵桃花，就急著斬呀？

❖

花大游泳隊又分成競泳隊和一般泳社，競泳隊主要是代表學校參加校外比賽；一般泳社則招收對游泳有興趣的同學入社培訓。不過兩者使用游泳池的時間一樣，而擁有教練證的競泳隊隊員也會在社課時間兼任泳社教練，因此總會吸引到一些醉翁之意不在酒的人，例如眼前看到的這些。

「請問這裡是Hawaii的beach嗎？怎麼會有bitch出現呢？」郝蕾蹲在泳池邊，盯著剛從更衣室裡走出來的幾個女生，張大嘴嚷嚷著。

「郝蕾，妳再這麼說話，有一天眞的會橫死街頭啦。」我趕緊摀住她的嘴，視線跟著瞟向女生更衣室。

不看還好，這一看，我也傻眼了。

就見迎面走來三個女生，全都穿得跟要去夏日海灘度假一樣，是……是比基尼！雖然她們的下身有圍著薄紗，但若隱若現的，反而讓人看了無限遐想。

「這些女生來游泳隊，穿比基尼是想幹麼？」郝蕾不以爲然地喃喃道。

果不其然，泳池裡的那些豬哥立刻朝那些女生發出狼嚎，還有人吹起了口哨。

「怎麼妳從更衣室走出來就沒人吹口哨？」郝蕾將目光轉向我，上下打量了下，搖頭嘆息。

可惡，幹麼這樣！

「因爲在他們的眼裡，我是學弟！」我自暴自棄，雙手撐在池畔，一個用力便上身離水，接著右腳踩上地，唰啦一聲俐落上岸。

「難怪人家把妳當學弟，走旁邊的樓梯上來那是出水芙蓉，妳這個樣子是出水青蛙吧。」郝蕾忍不住出聲數落我。

是喔。

還要游到旁邊的梯子才能上岸那多費勁，我們都是這樣離開泳池的啊。

「喂，蘿蔔來了，蘿蔔。」郝蕾的美男雷達轉得很快，我身上沒有贅肉可以讓她捏，她就掐住我的臀大肌提醒。

「郝學妹。」羅博特低沉略帶沙啞的好聽嗓音，幾乎是和郝蕾的提醒同時響起。

忽地，我想起郝蕾剛才說過的話……糟糕，蘿蔔朝我走來時，一定也看到我出水的模樣了吧，他的心裡面該不會同樣想著：這隻出水青蛙啊。

唉，眞後悔我剛剛爲什麼要那麼豪邁地爬上岸。

「隊、隊長好。」我轉過身，一時間不知該怎麼應對，只能尷尬陪笑。我想我的表情一定很蠢。

只見羅博特身後跟著那幾個比基尼女孩，除了中間那名帶有空靈氣質、像神仙姊姊般地美人之外，左右兩個面貌相較略平庸的女孩，竟是難掩興奮。

不對吧。

我往自己的後方看了看，確定身後沒人。她們的視線的確是看著我沒有錯，但爲什麼是那樣的眼神？

「郝學妹。」羅博特又叫了我一次。

郝蕾見我反應慢半拍，故意三八地鬧騰道：「蘿蔔隊長，你可以直接叫她好兔啦，不然我會以爲你下一句要對著我喊『壞學妹』。」

郝蕾，妳很冷，而且妳明明也姓郝……我扭頭「青」了郝蕾一眼，對她的幽默表示不好笑。

況且怎麼好意思當著隊長的面叫人家蘿蔔，還介紹我是好兔，好像下一秒我就要撲上去將他一口吞掉似的。

雖然我是有點想啦！

目光回到羅博特的身上，他扯開完美弧度的微笑對我說：「好兔，妳有教練證了嗎？」

我點頭。

「那太好了，這兩位新社員是妳的粉絲，她們希望能跟妳學游泳。」

哪泥？

我的粉絲怎麼會是女生！

「啊，剛好在場的都是新社員，順便也介紹妳們彼此認識一下。」羅博特首先向我介紹神仙姊姊，「她是大三新聞系的薛寶琳，同時也是學生會祕書部執行祕書。」

咦，新聞系？那不就是我和郝蕾的系上學姊嗎，難道她就是傳說中的新聞系系花？

我當初是靠體育成績保送花梨大學的，對於要就讀什麼科系沒特別的想法，索性跟著郝蕾亂填志願，一起上了花大新聞系，直到我們參加系上迎新茶會時才知道，新聞系裡拚的是顏值，我和郝蕾算是誤入叢林的壯白兔與小山豬。

而傳說中的系花十分神祕，據說她很少出席系上活動，能不能遇到她得靠緣分，沒想到，緣分這麼快就找上門，而且她不只是系花，還跟歐時庭一樣，是學生會的重要幹部。

既漂亮又聰明，真好。

「學姊好。」我從小就在學長姊制嚴格落實的游泳隊裡長大，在學姊面前，我十分有禮貌，畢恭畢敬向她鞠躬問好。

「妳好，聽說妳是全中運紀錄保持人，好厲害喔！」寶琳學姊笑笑地說。

通常才貌雙全的女生多少會有點優越感，但神仙姊姊相當溫柔和善，只是她的音量跟蚊子聲音一樣小，我得拉長耳朵才聽得清楚她在說什麼。

我不自覺地隨著她捏著嗓子說：「學姊需要我教游泳嗎？」既然羅博特會把女社員交給我，其中或許也有男女授受不親的考量，於是我很貼心地如此一問。

「可以嗎？」寶琳學姊眨著貓咪般地無辜大眼，由下往上瞅著我。

從我的視角看過去，寶琳學姊充滿小鳥依人的萌萌感，目測她的身高應該不超過一六〇。

好羨慕呀。

「可以啊，只是⋯⋯」我看著她，面有難色。

「只是什麼？」寶琳學姊的表情添了幾分落寞，連我看了都不由得心頭一揪。

然而目光往下一瞥，就見寶琳學姊穿著綴有蕾絲邊、性感中帶點甜美風格的粉色比基尼，恐怕她在水下一不小心便會走光。

但我沒來得及解釋，就聽到羅博特逕自接腔：「只是好兔一個人教兩個初學者夠吃力了，如果妳想學游泳，隊長我親自教妳。」

「真的嗎？好啊。」寶琳學姊一掃我見猶憐的模樣，甜甜一笑，霎時間，周遭似有撥弄豎琴的小天使和音符團團圍繞著，充滿了幸福感。

怎麼有人可以一顰一笑都如此動人，簡直是……

「紅顏禍水啊。」郝蕾直接道出了心聲。

「喂。」我輕聲阻止。

儘管我覺得她形容得分外貼切，但我還是對此感到不妥。

好在神仙姊姊根本沒聽到，她和羅博特演起了偶像劇，你眼中有我、我眼中有你的那一種。

「我的榮幸。」羅博特朝寶琳學姊揚起一抹溫柔的微笑，我在他湛藍的眼裡看到了謎樣的悸動。

那當下，我好想像個壞蛋女配角一樣大叫：隊長，你也教我游泳好嗎？

可惜，我好會游泳。

我甚至是紀錄保持人，游得比任何人都快，包括蘿蔔隊長。

社課時間，我超悶。

大家入水游泳後，郝蕾就自己落跑了，我則眼睜睜看著羅博特把寶琳學姊帶到旁邊一對一教學。

而號稱是我粉絲的兩位學姊分明沒心思學游泳，只一直纏著我想閒聊，這讓我感到很困擾，無奈我又是個相當尊敬學長姊的人，所以也只能將悶氣往肚裡吞，有一搭沒一搭地指導教學，最後是學姊吃了好幾口水，嚷著不學了。

「第一堂課就到此爲止啦，上來跟我們聊聊天嘛！」

兩位學姊對我眨眨眼，以出水芙蓉之姿，踩著池邊的梯子緩緩離開泳池，水珠順著她們姣好的身材曲線滑下，彷彿人魚上岸般，兩條白皙的修長美腿踩在水圈裡，似乎能步步生蓮，走起路來妖嬈多姿。

奇怪的是，都已經在水裡折騰了那麼久，學姊們的假睫毛依然健在，眨巴眨巴的，臉上的粉底也像油漆一樣好端端地撲著，妝完全沒花，我簡直嘆爲觀止。

收回發直的目光，我依舊用出水青蛙之姿躍上岸，掩住內心落寞的小情緒，隨便找了個躺椅，鋪好浴巾躺下，視線忍不住又落在池裡的羅博特和寶琳學姊身上。

我懶洋洋地問：「妳們和寶琳學姊很好嗎？」

「我們是閨蜜啊，是花大傳說中的『紅、寶、石』。」兩位學姊突然站起來，將身體拗成一個很不符合人體工學的pose，定格了兩秒。

……什麼鬼啊？

我微訝，小心探問：「那是……」

「我是洪小鈴。」紅色比基尼學姊揮揮右手。

「我是石瑋瑜。」黑色比基尼學姊揮揮左手。

喔，我很快意會過來。

原來是她們三個人各取姓名中的一字組成了「紅寶石」，聽起來像是什麼謎樣的女子團體。

「妳們為什麼忽然想來學游泳？」我努努嘴，池裡的寶琳學姊正在學水母漂，羅博特雙手分別輕扶住她的腹部和肩膀，明明是光明磊落的游泳教學，卻好像有一道強光向我直射而來，我不禁微瞇起雙眼。

太閃、太刺眼。

「因為妳啊，偶像。」兩位學姊笑咪咪的，一人伸出一手，偷摸了我一把。

……算了，算我自討沒趣，為什麼話題一直在這件事上打轉？

我巧妙掙脫學姊們吃豆腐的行為，往旁邊挪了下位子，「我想問的是寶琳學姊。學生會幹部應該滿忙的吧，她怎麼會想加入泳社？」

「她喔，」小鈴學姊頓了頓，「說是有非學會游泳不可的理由，聽說我們這學期要加入泳社，就跟著來了。」

「那兩位學姊為什麼不找羅博特隊長指導教學？他那麼帥。」

「會嗎？我們覺得妳比較帥。」小鈴學姊對著我眨眨眼。

「我們真的是為了妳才來學游泳的喔！」瑋瑜學姊拉著我的手，興奮地不住搖擺。

學姊們對我青睞有加，我卻對這個情況感到無語。

拜託，我是女生耶！不要用那種迷偶像的桃心眼看著我好嗎？嗚嗚嗚。

心裡雖無奈，但面對學姊，我仍是維持有禮貌的好學妹形象，尷尬扯了個笑，感謝粉絲的支持：「謝、謝謝。」

學姊們稍後展示了一個專門為我而設的非官方粉絲專頁，裡頭已累積按讚三萬人，我這才知道自己原來有個這麼龐大的後援會。

「我還以為只要是女生，都會喜歡羅博特隊長呢。」我的視線再度不爭氣地飄向羅博特和寶琳學姊，他正在教她韻律呼吸，兩個人手拉著手，一起蹲進水裡，再一起浮出水面，看得我心塞。

「他喔……只可遠觀不可褻玩焉，我們還是喜歡像妳這樣平易近人的小可愛。」瑋瑜學姊伸手捏了捏我的下巴。

我忽略那被調戲的感覺，「什麼意思？」

「羅博特是富二代，而且他不是普通的富二代，據說他祖母是歐洲某小國的皇室成員，所以他是有貴族血統的，吃穿用度也是比照貴族階層，由專人服侍。擁有這種家世背景，哪是我們一般人高攀得起的。」小鈴學姊倒挺八卦，說得繪聲繪影。

蘿蔔明明就是中德混血兒，哪來的歐洲「某小國」皇室血統？

但我也沒戳破的必要，畢竟對方是學姊。不過麻煩的是，她們不敢褻玩羅博特，卻把目標轉向我呀。

「那個……學姊。」我咳了兩聲，轉移話題：「建議妳們去買件一般的連身泳衣，學游泳嘛，穿著比基尼始終不太方便，尤其我們泳隊裡什麼沒有，豬哥最多。」

「是喔？可是寶琳說穿比基尼就好了，反正都是泳衣。」

嗄？這居然是寶琳學姊的主意，她是想勾引誰？

不對不對，寶琳學姊這麼軟萌無害、仙氣飄飄的模樣，怎麼可能會存有不純的思想！我搖搖頭，覺得自己的想法很不應該。

後來我與學姊們東拉西扯，問了很多關於學校的事，聊天的過程中，發覺她們除了對我莫名迷戀之外，人還不錯，正相談甚歡時，周邊的氣溫彷彿驟降，我打了個冷顫，一回頭，就見歐時庭站在身後瞪著我。

「社課時間妳不練泳，坐在這邊是想偷懶嗎？」

「我、我是在和學姊們溝通游泳觀念，她、她們從今天開始跟我學游泳。」我趕緊起身，立正站好，也不知道自己在緊張什麼，說個話都結結巴巴。

「歐時庭！」

「是會長耶！」

我看了眼一旁的學姊們，頓時無語。

說什麼為了我才來學游泳、我很帥，還幫我成立粉絲專頁的鐵粉級學姊，一看見歐時庭，她們居然立刻眼冒桃心，目光緊緊黏在他的身上不放。

嘖。

這傢伙才是眞正的紅顏禍水，一出場就把我的粉絲都給圈走了。

「下水。」歐時庭比總教練還嚴苛，他指著泳池，對我下達命令。

「好啦。」我轉身向學姊們道歉：「學姊對不起，因為我是競泳隊的，社課時間還是有自己的進度要練習，不能陪妳們聊天了。」說完，我飛快地跳下水，免得又被歐時庭碎念到我耳朵長繭。

游了兩趟，我才驚覺不對勁。

我明明就是迫於歐時庭的淫威才不得已進了競泳隊，不該認眞練習啊，萬一我眞的成了游泳國手怎麼辦？

從小為了游泳，我幾乎沒有朋友，這種日子實在太寂寞了。

我想要過多彩多姿的大學生活，我想要跟別人一樣。

第二章　好兔、蘿蔔、窩邊草

我曾經向歐時庭吐露過自己的煩惱，那年，我才國小四年級。

小小年紀就被爸爸帶著南征北討，我幾乎沒有童年，一場又一場的游泳競賽讓我感到厭倦害怕，於是那一次我不知哪來的膽子，逃賽了。

大家爲了找我，鬧得人仰馬翻，甚至還有人報警，當然，事後我立刻被爸爸揍了一頓。我覺得委屈，跑去歐時庭的家想找歐媽哭訴，結果當時只有歐時庭在家，我頓時無比憋屈，乾脆站在他家門口大哭。

「妳要不要先進來？」歐時庭皺眉。

「我要找歐媽。」

「我說過我爸媽出去了，很晚才會回來。」

「嗚嗚嗚，我要找歐媽。」我也不知道自己在瀘什麼，只一直重複著這句話。

「妳不要在我家門口哭好嗎？妳哭起來很醜。」

聽他這麼一說，我哭得更大聲、更淒厲。

歐時庭俊秀白淨的臉上滿是無奈。

「我要找歐媽。」我繼續飆針。

「妳別哭了，哥哥請妳吃冰淇淋。」他跨出一步，關上家門，牽起我的手往外走。

聽到有冰淇淋吃，我的眼睛都亮了，馬上止住哭泣，心裡卻升起小小的罪惡感。

「我爸說我不可以吃那種東西。」

爲了讓身體保持在最佳狀態，從小我就被禁止吃零食喝飲料，尤其是冰淇淋這種會影響氣管的垃圾食品，更是連碰都不准碰。

「妳不說、我不說，誰會知道？」

「打勾勾，說了的人是小狗。」我其實不太相信他。小時候我被托育在他家，不過調皮了點，他便會趁爸爸來接我回家時打我小報告，害我被苛扣看卡通的時間。

「幼稚。」

歐時庭耍起少年的小彆扭，死死捏著拳頭不肯就範，於是我硬掰開他的手指頭，與他拉勾。

他帶著我到巷口的便利商店，買了一支杜老爺甜筒，結完帳，他還捏在手裡不給我。

「給我啊。」我焦急地望著他手中的冰淇淋，伸手想拿。

「回家才能吃。」

「我要自己拿。」第一次可以吃冰淇淋，我興奮得不得了。

「我先幫妳拿著，萬一被別人看到，才不會認爲是妳要吃。」

我想想歐時庭說的也挺有道理的，便歡天喜地跟著他回家，邊看電視邊享受我人生中吃冰的初體驗。

「好好吃喔!你要不要吃一口?」我吃得滿嘴都是冰淇淋，看到歐時庭幫我倒了杯白開水，好讓我補充剛剛大哭而流失的水分，內心一陣感動，便把吃了一半的甜筒遞到他面前。

「不要，上面都是妳的口水。」他不給面子，把甜筒推回我嘴邊。

「那我自己吃嘍！」我也捨不得分給他吃，這樣正好。

「幹麼逃賽？」

「什麼？」卡通《眞珠美人魚》裡的凱特準備帶領水妖們，進攻北大平洋宮殿，打算捕捉露亞，劇情正精彩，我一時間沒聽清楚歐時庭說了些什麼。

他索性搶走我手中的遙控器，把電視給關了。「我說妳幹麼在比賽前搞失蹤？」

「欸！齁……」我沒好氣，卻又沒膽抗議，只好乖乖回答：「就突然不想比了嘛。」我把最後一口脆皮甜筒塞入嘴裡，不由得再度紅了眼眶。

「妳知道永遠的第一名棄賽，第二名有多高興嗎？」歐時庭隨手從桌上抽了張衛生紙，幫我擦拭糊了滿臉的巧克力醬。

「那就讓他們高興吧，反正我就是不要游了。」我賭氣地雙手環抱小胸膛，嘟嘴耍賴。

「妳有別人求之不得的天分，不要隨便說這種話。」歐時庭異常嚴肅地糾正我。

「你不懂啦！游泳好累，光是每天練習游泳就沒時間和別人玩了，都沒人要和我做朋友。」說到傷心處，我又哭了。

「誰說沒有，郝蕾不是嗎？」

「她是我妹妹，不算。」

「我也是妳的朋友。」

「你哪是啊，你都欺負我。」

歐時庭一愣，半晌過後，他輕輕拍著我的背，溫柔地說：「小兔，哥哥喜歡看妳游泳，妳好好游，哥哥就不欺負妳，就算全世界沒人要跟妳做朋友，妳還有哥哥。」

騙人。

明明說好只要我繼續游泳，他就不欺負我，結果我還是被他從小一路欺負到大啊。

成長過程中，遇到許多不同的困難，我一次又一次想放棄游泳，又一次次被歐時庭哄回水裡。

我突然想通，這一切都是爸爸的陰謀吧，歐時庭一定早就被他給收買了。

唰啦——

從回憶裡醒悟，我立刻以出水青蛙之姿爬上岸。

我站直了身子，看見寶琳學姊已經離開泳池，正坐在我剛剛坐過的躺椅上和別人聊天。

然而她聊天的對象卻出乎我意料之外，那人不是羅博特，而是來盯我場的歐時庭。

他們在聊些什麼呢？

我好奇走近。

「妳怎麼會在這裡？」歐時庭雙手抱胸，居高臨下質問寶琳學姊。

「我來學游泳。」寶琳學姊嬌滴滴的嗓音帶點怯意。

「學生會裡的事忙得完嗎？」歐時庭的表情看起來有點古怪，連帶著寶琳學姊的神情似乎也有些不對勁。

「我……我不會影響會務的。」

看樣子，是會長大人在拷問執行祕書的工作情況？

這本來不關我的事，但我實在看不下去歐時庭仗勢欺人的模樣，於是經過他們身邊時，我忍不住小聲碎念：「奇怪咧，身爲會長的人可以來游泳隊兼任顧問，到處蹓躂，爲什麼別人不能來學游泳？」

歐時庭聽到了，他轉頭瞪我，「郝逸希，這麼會嘴，那妳就去學生會幫忙打雜，寶琳做不完的工作就由妳來做。」

嗄？欸，欸欸欸！

我的老天，我剛才到底著了什麼魔、有什麼毛病啊，幹麼多嘴，我沒有要幫寶琳學姊的意思啊。

「爲什麼！我……」我帶著滿腔的憤懣試圖抗議，話才脫口，便被歐時庭堵死。

「妳最好乖乖聽話，否則我把妳的祕密告訴妳爸。」他俯身在我耳邊低語。

陰險！小人！

就這樣，我不只被迫加入競泳隊，還糊里糊塗地被指派到學生會打雜。

天啊、地啊、老天鵝啊！我的未來一片黑暗，誰能來救救我？

❖

「欸，好兔，起來了。」

我正追逐著滿地蘿蔔，猛地一個震顫，蘿蔔轟的一聲全數消失。

乍然驚醒，我抹了抹嘴邊的溼意，一時間還有點懵然，不知今夕是何夕。

「嗄？」我揉揉眼睛，敲敲腦袋，努力回想自己身在何處。

「下課啦，醒醒吧。」郝蕾搖著我的肩膀，圓嘟嘟的臉忽地塞入我的視線裡，把我的三魂七魄都給嚇回原位。

喔，對啦！我在新聞系必修的傳播學概論課堂上，由於老教授說話的語速像在念經，聽著聽著，我便覺得身體漸漸酥麻，彷彿被人全身麻醉，不知不覺陷入昏睡狀態。

「妳幹麼不在上課的時候叫醒我，這樣下去我會不會被死當啊？」我還是有羞恥心的好嗎。

「叫了，妳沒反應啊。三學分的課妳能從頭睡到尾，我也是對妳甘拜下風。」她聳聳肩。

「我不管啦，郝蕾，考試前妳可得要罩我。」

「拜託，我都泥菩薩過江，自身難保了，況且我也不是歐巴，還得負責當妳的家教。

走，上食堂去，再晚香酥雞腿飯就沒了。」

郝蕾不理我，只關心她的香酥雞腿飯。

「早知道妳這麼沒同學愛，我就應該跟歐時庭一樣讀法律系，至少他會罩我！」

「得了吧，妳郝逸希說這種話還眞『好意西』，那些法律用語妳搞得懂才有鬼，別到時候打輸官司，被黑社會追殺。」她頓了下，更正：「不，我斷言妳根本畢不了業！走啦，有時間想那些有的沒的，不如快點吃飯。」

唉，郝蕾眞不愧是我的閨蜜，比誰都還要了解我。

我的學習之路全是靠著歐時庭的庇蔭，才能順利走到今天。

他從小便是個學霸，而我剛好相反。

身爲游泳選手，不知我是不是眞的印證了那句頭腦簡單、四肢發達的古老諺語，或者單純因爲訓練及比賽，導致我缺課太多、耽誤了課業，總之我的學業成績從國小開始就一塌糊塗，一道雞兔同籠的數學習題，我到現在還搞不懂爲什麼要把公雞和兔子關在一起，萬一公雞把兔子給怎麼了，那怎麼辦？

喔，扯遠了。

總而言之，我的課程進度一直處於東漏西落的狀態，老師在台上講解，我永遠都聽不懂，所以就必須有個誰來幫我惡補功課，而那個誰就是歐時庭——我保母家的小哥哥，他從小成績便名列前茅，一路讀資優班升學，正是輔導我課業的不二人選。

不得不說，歐時庭雖然囉唆了點，還眞有耐心。

他總說：「小兔，妳專心游泳就好，課業方面的事交給我，我會幫妳的。」

可他不是幫我作弊或是走後門，而是在考前一遍又一遍，不厭其煩地爲我解說題目，務求及格，在學業方面，他的確是惠我良多。

很多人都曾問過我，有個高顏値、高智商的青梅竹馬陪在身邊，難道我對他從來沒有過一點遐想或曖昧情愫嗎？

嗯……可能小時候有偷偷喜歡過他吧，但我總覺得歐時庭會這麼照顧我，或許是受我爸所託，也或許是被歐媽所逼，又或許是他不過單純想要馴服我這個熊孩子，總之，他在我的認知裡，便是個霸道專橫的控制狂哥哥，以致於我的少女心思很難在他身上逗留，就算有那個念頭，也很快被嚇得揮去這個想法。

於是，當我見郝蕾整天迷戀歐時庭時，我馬上抓著她的雙手懇求：「拜託，把歐時庭拐走好嗎，能走多遠是多遠。」

可惜她實在太不濟，時至今日，歐時庭仍舊黏在我身邊。

我幽幽轉頭，哀怨地瞅了他一眼。

「妳那什麼眼神，撞邪嗎？」歐時庭正好抬眼看我，走過來往我腦門上敲了一記，將我從回憶裡敲了回來。

沒錯，他就是這樣的人，即便他再帥再優秀，要我怎麼對他起心動念？

「東西弄好沒？」

「還沒。」我縮脖子、雙手抱頭，以免再被他的爆栗襲擊。

此刻，我正坐在學生會辦公室裡，對著電腦神遊太虛。

事情是這樣的，當初選課時，我刻意將課程集中在某幾天，打算利用空出的一日和郝蕾到處蹓躂，加上競泳隊規定大一新生每週一三五固定晨練，導致一個禮拜中，我只有週四難得能睡晚一點。

然而這歡樂時光卻被歐時庭破壞，一大早，他便爲了學生會的事將我call進辦公室。出門前，我眼睜睜見郝蕾與她的吳世勛抱枕纏在一起，睡得香甜，看得我滿腔怨氣。

憑什麼別人可以睡覺，我就得早起打雜！

當我心不甘情不願來到學生會辦公室時，歐時庭已經坐在會長椅上看公文，一看見我，不由分說便將隨身碟和一本資料簿塞進我懷裡，連珠砲似的交代我一堆工作，瞬間轟得我頭昏眼花。

「我趕著把學生會幹訓和游泳隊迎新活動計畫送去課外活動組，寶琳說她來不及順完活動細部流程，妳幫忙看一下。另外，隨身碟裡存有學生會開學後第一次幹部會議的錄音檔，今天下午五點前把它整理成會議記錄，交到我桌上。」

喂喂喂，學生會是沒人了嗎？

「爲什麼是我？」我哀號抗議。

「我不是說過，寶琳做不完的工作就由妳來做嗎？」

「可是她做不完的工作也太多了吧！祕書部應該不只她一個吧，其他人咧？」

「學生會人手一直不夠，大家的工作都很多，與其拜託別人抽空來幫忙，不如妳來做。妳不是很閒嗎？」

我哪有！

「那我不要去晨練了，每天早上我就來學生會幫忙打雜，好不好？」我沒骨氣、我低聲下氣，使出從學姊們身上學來的眨巴眨巴大眼撒嬌術，拜託歐時庭放我一條生路。

「不好。」

「齁，為什麼？」我又不想認眞練習，去晨練也只是虛耗體力而已，最最重要的是，身爲隊長的羅博特，晨練時間並不常出現，沒有蘿蔔的游泳池，我連一步都懶得踏進。

「練習是練習，打雜是打雜，不能混爲一談。」歐時庭淡淡地說。

機車，哼。

❖

競泳隊正值招募新血期間，因此最近的晨練時間都陸陸續續有新隊員加入。

也許是羅博特隊長的魅力所致，今年新生加入泳隊的女孩明顯增加不少，連我在內總共有六個。我個性慢熱，加上在她們的眼裡，我屬於特異的存在，所以練習時間都是她們五個人聚在一起，我則獨來獨往，也不想跟她們裝熟。

這一天，不知爲何我特別早起，一早便來到游泳池，離集合時間六點半還有三十分鐘。我一如往常地直接走進更衣室，聽到裡頭傳來低語。

「欸，妳打聽得怎麼樣了？好兔到底有沒有女朋友啊？」

好兔到底有沒有女朋友？這是在說我嗎？

可她們是不是口誤啊，這問句不該是：好兔到底有沒有「男」朋友，這樣才對嗎？

我躲在一旁，繼續拉長我的兔耳朵偷聽。

「聽說那個泳隊經理就是她的女朋友。」

「拜託，不是好嗎？那是她堂妹。」

「眞的？那太好了！」

「妳該不會眞的喜歡好兔吧？」

「喜歡，超喜歡！」

「喂！不要跟我搶，我是爲了她才進泳隊的！」

哪、哪泥！這話讓我聽得心頭一驚。

「欸，妳確定好兔是T嗎？」

「是啦是啦，之前就有人問過她，她說她是。」

誰？誰問過我？我什麼時候說過我是T！

我的老天，她們對我簡直誤會大了。這些女生進泳隊的目標居然不是羅博特，而是我，這……這世界到底發生了什麼事？

這下我根本不敢走進去換衣服，趕緊挪動腳步往後退出更衣室，慌亂中，我不小心撞到一堵肉牆。

「嗨，好兔，妳來得真早。」

一回頭，我宛如看到汪洋中的一根蘿蔔，連忙抓住羅博特結實的上臂，大喊：「隊長早！」快救我。

「怎麼了？妳看起來不大對勁。」他關心問道。

我聽見赤腳踩過積水的聲音緩緩靠近，瞟見幾名女隊員自更衣室走出。就是現在，我決定放手一搏！

「我……我頭暈。」掐好時間，我雙腿一軟。

羅博特直覺將我接住，我穩妥地倒進他的懷裡，順便來個環抱。

「好兔，妳還好嗎？」羅博特焦急的聲音從我頭頂傳來。

我抬眸懇求：「隊長，不好意思，麻煩你幫個忙。」然後我閉上眼睛，豁出去地做了生平最不知羞恥的事，大叫：「隊長我喜歡你！」

「咦，那不是好兔嗎？」

「她、她跟隊長……」

「妳不是說她是T！」

「啊——我的偶像——」

一陣鬧騰後，女孩們恍然離去，我隨即離開羅博特的懷抱。

「好兔，妳……」羅博特一臉震驚，瞪大他那迷死人的湛藍眼睛，整個人彷彿冰封在原地，半晌說不出話來。

我後退一大步，對他九十度鞠躬，鄭重解釋：「隊長對不起，剛剛那只是一場戲，你不要想太多。」

雖然我對羅博特有好感，但還不到告白的程度，一切不過是權宜之計。

我只是想即時澄清自己喜歡的是男生，否則等我眞有告白的必要性時，我怕羅博特會懷疑人生。

當然，我並未向羅博特提起這些，只和他簡單說明了剛才在更衣室發生的事。

「哈哈，原來如此，我嚇一跳呢。」羅博特看上去像放了一千兩百個心。他走上前，很自然地勾住我的肩膀，「現在才六點十五分，走吧，我們先去隊辦聊聊天，我一直很想跟妳交換游泳心得呢！」

我愣了下。

蘿蔔隊長對待我的態度過於熱絡，總覺得哪裡有些奇怪。

啊，我想起來了！他對隊上的男隊員好像也都是這樣勾肩搭背的，對女隊員則很紳士，會保持適當距離。

原來，蘿蔔根本沒把我當女生看……我不禁有一點點傷心。

「隊長，我是女生耶，你、你的手……」我指了指他垂掛在我肩膀上的手臂，有些難爲情。

「哎呀，不好意思，又把妳當成學弟了。」羅博特尷尬收回手。

「沒關係啦。」我抓抓後腦勺，心裡不由得煩惱起來。

我好像應該讓自己更像女孩一點。

我們並肩走回隊務辦公室，羅博特從冰箱裡取出一大瓶鮮奶，找來兩個杯子，替彼此各倒了一杯。

「隊長，有件事我一直想要問你。」我們很少有單獨聊天的機會，接過羅博特遞來的杯子後，我決定趁現在提出梗在心裡的疑惑。

「什麼事？」

「你是不是有一部車頭有個叉子標誌的深藍色跑車？」

羅博特頓了一下才意會過來，微笑解釋：「對。不過，車頭標誌是瑪莎拉蒂的海神三叉戟，顏色的正確說法是『靛青色』，所以我的確有部『車頭有個三叉戟標誌的靛青色瑪莎拉蒂跑車』。」

我聽了有些傻眼，哪來那麼落落長的名號。

「不過我很少開車來學校，妳怎麼會看過我的車？」羅博特困惑地問。

唉，他果然不記得了。

「隊長，開學前一個禮拜，我在校園裡迷路，是你載我回女宿的。」

「咦？」羅博特思索了下，恍然大悟：「原來妳就是那個小大一！不好意思，我現在才想起這件事⋯⋯這麼一說，我跟好兔還真是有緣呢，那天我剛好開車載東西來學校，沒想到因此幫了妳。」他溫柔笑著。

「對啊，我是個大路痴，當時我的手機還正好沒電，連想打電話求救都無法，如果沒遇到你，我就慘了。不如找個時間我請隊長吃飯，也好讓我謝謝你。」哇嗚，我這樣不就替自己製造機會了？我好會！給自己拍拍手！

「不用客氣啦，妳是水系的嘛，對陸地上的路不熟是很正常的，別在意。」羅博特豪爽地拍了拍我的肩。

……他對我，似乎真的沒有男女之防耶。

我假裝不在意，「水系？什麼意思啊？」端起馬克杯，我喝了口鮮奶，有點摸不透羅博特的說話邏輯。

「好兔，妳知道別人都是怎麼形容妳的嗎？」他挑眉，嘴角一勾，那表情只要是個青春少女，見到肯定都要尖叫一下的。

「抽水小馬達？」我不是很確定地拋出答案，這名詞郝蕾老掛在嘴邊。

「不是。」羅博特失笑地搖搖頭，「是『小美人魚』，大家都說妳是天生就要參加奧運的游泳天才。」

小、美、人、魚！

「咳、咳咳咳……」我被鮮奶嗆到，狂咳不停。

羅博特連忙從桌上抽了幾張衛生紙遞給我，「妳還好嗎？」

我接過，摀著嘴又猛咳幾聲，擺擺手表示沒事，腦海倏地閃過一句話：

「小兔跟媽媽一樣，是水裡的美人魚。」

這話該不會是爸爸放出去的吧……不要騙人了，美人魚是多麼嬌豔美麗的存在，我頂多是……孔武有力。

羅博特肯定也覺得這形容很荒謬，他笑得眼睛都彎成了兩彎新月。

「哈哈哈，可是我第一眼看到妳，我就想，這不是美人魚啊，說妳是飛魚菲爾普斯還差不多。」

雖然我有自知之明，也知道這是他發自肺腑的眞心話，不是故意嘲笑，可我的少女心還是受傷了，然而羅博特並沒有發現我的難過，仍滔滔不絕地說著。

「好兔，我分析過妳的泳姿，動作特別流暢，好像妳眞的是一尾魚一樣。我努力了十多年，還從來沒有人在我身上冠一個『魚』的稱號呢，如果眞要謝謝我，不必破費請吃飯，只要告訴我提升泳速的訣竅就好，例如妳是怎麼進行訓練的？有沒有吃什麼特別的東西？」

我愣愣地看著羅博特，還想不到該如何回應，門口便傳來歐時庭冷冰冰的聲音：「就憑你，走走秀、打打醬油還可以，想游成一尾魚，下輩子投胎成魚比較快。」

咦？

我抬眼看向牆上的鐘，還不到六點半，他這麼早來隊辦幹麼？

「你這人說話怎麼這樣？」羅博特眉頭緊皺地從沙發上起身。

「羅博特，當你嘲笑別人的時候，能不能掂掂自己的斤兩。」歐時庭將我扯離沙發，同時往前一站，擋在我的身前。

「我哪有嘲笑好兔，還有，你說那話是什麼意思？一進來就亂罵人，簡直莫名其妙！」羅博特氣得臉龐微微泛起兩片紅暈，這模樣看在我的眼裡，卻像是微醺般地白裡透紅，相當楚楚可憐，連我都忍不住要爲他抱不平。

歐時庭又上前一步，與羅博特之間只剩下一個拳頭的距離，「我不是剛剛才來的，我在游泳池邊站了很久。」他的嗓音透著怒意，彷彿下一秒就要有火從嘴裡噴出。

在、在游泳池邊站了很久！

我的老天鵝，他該不會聽到了我權宜之下的告白吧？

偷偷覷了覷歐時庭，他還忙著和羅博特爭執，並沒有要找我追究的意思，話裡也沒提到那方面的事，所以，他應該……應該沒聽到吧。

自我安慰一番，我強行穩住軍心，決定先好好調停這兩個人的戰火要緊。

此時羅博特挺起胸膛進逼，起伏的胸肌幾乎要碰到歐時庭，即使發怒，但他以還算溫軟的語氣說：「所以呢？學生會長就能不分青紅皀白地在我的地盤裡罵人？」

「罵你又怎樣？罵你我還不需要打草稿。」

歐時庭火力強大，我擔心羅博特說不贏他會以武力反攻，再這樣下去，這兩人怕是要打起來了。

雖然羅博特的身高比歐時庭略矮一些，但身為泳隊隊長，體格可不是蓋的，萬一眞打起來，歐時庭他會是人家的對手嗎？

我光是想到歐時庭鼻青臉腫的樣子，就……就覺得好開心，哈哈哈哈！

不、不是啦，是覺得有一點點不忍心，畢竟他是氣羅博特笑我不是美人魚，也算是為我抱不平？

話說回來，儘管羅博特無心的言論讓我的少女心有點受傷，但就視覺上而言，我的確不是婀娜多姿的美人魚，歐時庭有必要為這件事生氣嗎？

為了弭平雙方一觸即發的戰火，我趕緊從歐時庭的背後跳出來，強行將兩人一左一右地推開，怕羅博特一時抓狂，直接把歐時庭扔進游泳池裡就不好了。

「沒事沒事，我本來就不認為自己是美人魚，我是魚、我是魚，我是一尾小丑魚。」我夾在兩人中間，雙手在胸前合十，扭動身體，笑咪咪地替兩人緩頰，「隊長您別生氣，會長您也息息怒呀。」

「郝逸希，妳在發什麼神經？」歐時庭惡狠狠瞪著我，兩隻眼睛彷彿燃著熊熊火苗，粗魯地將我拉回他的身邊。

羅博特雙眼微瞠，一臉錯愕的樣子。

「不是啊，其實隊長也沒有說錯嘛，我就算是魚，也不會是美人魚，我這個當事人都不生氣了，你是在氣什麼啦。」我不解地問。

「郝逸希，水裡的美人魚對於妳的意義，妳還不知道吧？」歐時庭將我扯到一旁，面對面與我說話。

「有什麼意義？」不就是大家都喜歡給游泳選手冠一個響亮的稱號，好像不用個威猛一點的稱號就游不快一樣。

歐時庭露出對牛彈琴的表情，看了我好半晌，再也隱忍不住地一口氣爆發：「那是郝爸的念想，是郝爸對妳的期許，那是妳的媽媽！」

說到爸爸加諸在我身上的各種期許，我內心小宇宙猛地爆炸。

「一大早你就跑來游泳池找人吵架，是太閒嗎？我爸有毛病，你也跟著他有毛病嗎？媽媽是媽媽、我是我，爲什麼一定要把你們的夢想寄託在我身上！」我連珠炮似的吼完，歐時庭當場愣住，我自己也嚇傻了。

天啊，我怎麼、怎麼敢對歐時庭大吼大叫，今天我是哪根筋不對了，不只吼他，還用他念過我的話堵回去，說他太閒！我死定了，歐時庭一定不會原諒我的，沒有他罩我，我這學期的學科肯定要被當光光了。

「你們……你們要不要找個地方好好坐下來聊聊？」原本在風暴中心的羅博特，忽然從主角變成吃瓜群眾看著我們吵架，模樣顯得有點驚慌。

就快要到競泳隊的集合時間，我留意到游泳池邊的人漸漸多了起來，而我們似乎成了別人注目的焦點。

「走。」歐時庭也注意到了，他拽起我的手臂，轉身便要離開隊務辦公室。

我心裡實在害怕，兩隻腳死命緊黏在地，手臂被他拖得長長的，賴著不走。

「我、我還要晨練！」在這裡被弄死好歹還有目擊證人，要是此刻被他帶走，我可能就真的死無葬身之地了。

「今天不用練了。」歐時庭不理會我，加大手勁把我硬是拖出辦公室。

喂，喂喂喂！

奇怪，他的力氣什麼時候變得這麼大？竟連孔武有力的我，都被他像拎小雞一般地輕鬆擄走。

從綜合體育館到學生會辦公室大概五百公尺的距離，歐時庭就這麼一路扯著我的手臂，一言不發，怪可怕的。我盯著他的後腦勺瑟瑟發抖，直到他鬆手的前一刻，大氣都不敢喘一下。

好吧，我形容的太過浮誇。

總而言之，歐時庭發起火來，我連屁也不敢放一個。

他是牡羊座嘛，火爆款的。

歐時庭關上辦公室的門，「喀」一聲落了鎖，這才緩緩轉身面對我，一雙眼睛直勾勾地在我臉上瞧了老半天，搞得原本就皮皮挫的我嚇到快昏倒。

眼見情勢不對，我趕緊低頭道歉：「對、對不起……」

雖然不見得是我的錯，可從小到大只要我不小心惹怒歐時庭，管他三七二十一先道歉再說，保證他的火氣消滅一大半，接著要談什麼事都好辦，說穿了，他就是個吃軟不吃硬的小傲嬌。

歐時庭走到自己的會長大座，按下冷氣遙控鍵，室內漸漸泛起涼意。他嘆了一口氣，語氣轉爲溫和：「小兔，幫我從冰箱拿瓶冰水。」看來火勢已經受到控制，烈焰變成了小火苗，危機解除一半。耶！

「好的。」我雀躍地跑到冰箱旁，取出一瓶冰冰涼涼的礦泉水遞給他，諂媚地問：「要不要幫你擦擦汗？」

「不必，坐下，我有話跟妳說。」歐時庭拉了一張椅子到他的座位旁，將我按入。

「喔。」我瞪大眼睛看著他，等候發落。

「妳開學之後，是不是就沒再跟郝爸聯絡過了？」

「有啊，我們都有傳Line。」我用力點頭，卻是有點心虛。爸爸每天都會傳長輩圖給我，照三餐問我吃飽沒，而我則會回傳早安、ok、晚安等貼圖。

這樣，算是有聯絡吧。

「我說的不是長輩圖或貼圖的那種互動，妳應該打電話給他，好好陪他說說話、聊聊妳的近況，他很想妳。」歐時庭完全看穿我的心理活動。

「可是，我不知道要跟他說什麼啊，他只會問我游泳練得怎麼樣，三餐有沒有吃飽吃好。」最後再以一句「有什麼事就找小歐」做結尾。

「小兔，妳眞那麼不喜歡游泳？」

「不知道，就覺得很煩。」我抓抓頭，坐立難安。

我向來就怕談論這個話題，彷彿深究下去便會觸碰到某些令我心痛的事情。

我和爸爸之間的關係，與其說是父女，倒不如說是教練與學生更爲貼切。記得小時候我很常往歐時庭家跑，因爲只有在他們家才能讓我感受到家庭溫暖，相對於歐媽的熱情，我和爸爸的感情是很壓抑不顯的，印象中，我們最常互動的時刻便是在泳池練泳的時候。

我從小便個性軟又沒主見，爸爸讓我游泳我就游，要我參加比賽我就參加，我知道自己心裡是抗拒的，卻沒膽說，直到現在，我長成了一副女相男身、學習成績差、沒什麼朋友也沒其他才藝，我的人生，似乎只剩下游泳這件事了。

「小兔，我們每個人都有屬於自己的天命，天生下來就要做的事。游泳，就是妳的天命。」

「什麼意思？」歐時庭像是在說什麼神祕宗教的教義，聽得我一頭霧水。

「郝爸希望妳能承襲妳媽媽，『美人魚』是當年泳壇給她的稱號。」

「奇怪，你怎麼知道的比我還要多？」我有點驚訝，原來爸爸整天掛在嘴邊的美人魚是這個意思？我小時候還一度以爲媽媽眞是尾人魚呢。

「妳從來不跟妳爸爸聊天，都是我陪歐爸聊，知道的當然比妳多。」

「哇，那你來當我爸的兒子，我去當歐爸歐媽的女兒好了，我比較喜歡他們。」歐爸歐媽還比較像我的父母，我會找歐爸撒嬌，可是對著我爸，我是絕對不可能奶聲奶氣跟他說話的。

歐時庭往我腦袋上敲了一記，「這話別亂說，要是被郝爸聽到他會傷心的。」

「嘖，我也只敢在你面前說說而已。」我吐吐舌頭，心裡有話不吐不快：「而且我真心對這一切感到無言，爲什麼我就必須回應我爸爸的期許、實現他的念想？你不覺得我一直活在我媽的陰影之下？」

「不覺得。」

「咦？」

「妳天生就能在水裡悠游自在，但有些人卻是想游還不能游，所以，別再說妳要放棄游泳了。」歐時庭的眉頭微皺，十分嚴肅。

「你是在說你自己吧，到現在還是克服不了？」我看著歐時庭，心情複雜。

一個熱愛游泳的人，卻永遠無法下水游泳，甚至只是把臉浸到水裡，就會出現溺水症狀，別說是游泳了，根本連水中呼吸都沒辦法做到。

他搖頭，表情有點沮喪。

可我還是心煩得很，能不能不要把所有的事都牽扯在一起？

媽媽曾經是游泳國手，但她不幸在生下我之後過世，從此無緣拚進奧運殿堂；歐時庭小時候發生過溺水意外，好不容易死裡逃生，卻因此得了懼水症。

人們未竟的夢想，總是容易投射在可以完成他們夢想的人身上，爸爸這樣，歐時庭也是這樣，搞得好像我不游泳，就對不起全世界一樣。

我能說什麼呢？

唉。

「歐時庭，那你呢，你的天命是什麼？」

歐時庭凝視著我，欲言又止，最後也沒給我一個答案。

他話鋒一轉，「這禮拜，妳有空就過來學生會。」

「嗄？」

「這週末就是學生會幹訓，以及學生會暨游泳隊聯合宿營的日子，有很多瑣事要處理，需要打雜的人。」

喔。

不就是他自己搞出來的麻煩事嗎？把事情搞得那麼複雜，又想拖我下水，我命真苦。

第三章　寶寶是綠茶婊 寶寶不說

最近天氣眞的好熱，一點也沒有秋天的氣息。

宿舍吹冷氣需要額外付電費，只有一個人待在寢室時，除非想被圍毆，否則沒人有膽開冷氣，因此在學生會打雜也不是沒有好處，至少我有免費的冷氣吹，不必去圖書館跟大家搶位子。

而且歐時庭所謂的「很多瑣事」，其實是他誇大事實了，大部分的事務都在他手中處理得井然有序，根本沒有我派上用場的時刻，上次會找我做臨時雜工，大概是他眞的忙不過來，才會急call我幫忙。

那他到底要我來學生會做什麼？在這裡閒晃了幾天，我還眞是不知道。

學生會辦公室裡有一張很舒服的沙發，大多數時候我都窩在那睡覺，神奇的是，歐時庭居然也沒要管我的意思，直到這一天——

我睡飽後，趁著幹部們都在會議室裡開會時，偷偷縮在沙發上用手機追韓劇，男主角浮誇的演技逗得我哈哈大笑。

看得正入迷，背後忽然傳來涼涼的嗓音：「妳在幹麼？」

哇啊啊啊啊啊！

我被嚇到屁滾尿流失了魂，手機也跟著摔到地上。

受驚的少女心在花了五秒鐘時間稍稍平復後，才敢轉頭看向來者，艱難地出聲：「會、會長……」因爲太過心虛，我不敢直呼他的名諱，而是使用了非常恭敬的尊稱。

「沒給妳什麼雜事做，所以妳皮在癢了嗎？」歐時庭咬牙切齒地把我從沙發椅上拎起。

「不、不是……」我伸長手臂，試圖撈起地上的手機，卻被歐時庭搶快一步撿起。

他瞄了眼手機螢幕，皺眉問：「妳看這什麼東西，手機沒收。」

「會長大人，我不敢了，拜託你把手機還給我。」我雙手合十，向他求饒。

我看到正精彩的部分啊，他就這麼拿走我的手機，還讓不讓人活！

「寶琳說她遇上了點麻煩，想請妳幫忙。」歐時庭不只不理會我的懇求，還無情地把我推給別人。

寶琳、寶琳，又是寶琳，她怎麼好像什麼事都要人家幫？

「什麼麻煩啊？」我雖不是很情願，嘴上仍奴性堅強地開口詢問。

「不知道。不過我看妳就用妳的付出，來換回被我沒收的手機吧。」歐時庭將我的手機扔進自己的背包裡，帥氣地將背包甩上肩膀，「加油，我先去上課了。」

他轉身往門口走去，僅高舉一手揮了揮，表示再見。

儘管我再不樂意，也只能看著歐時庭的背影乾瞪眼，誰叫我從小到大都被他管束得死死的，早已習慣了不反抗。

但，最近我心裡總覺得怪怪的、不舒坦，不知道是不是因爲歐時庭要我做的，都是寶琳學姊分內該做好的事？

我在心裡犯嘀咕，可爲了贖回心愛的手機，還是乖乖踏進會議室。

「什麼？叫我扮鬼！」我大叫出聲，一旁的活動部長差點被我嚇死。

沒辦法，我實在是太過驚恐了，原以爲寶琳學姊只是需要我幫忙搬東西、打打雜，想不到她竟是要我扮鬼，這簡直令人崩潰！

由於寶琳學姊身兼學生會和游泳隊的成員，便被歐時庭指派爲聯合宿營的活動總召，負責協調各組工作，而由學生會負責的膽識訓練項目，也就是傳說中的「夜教」，因活動部人手不足的關係，學生會所有幹部都撩落去不說，甚至有人得一人分飾兩角。

我能夠理解他們急需人手，可是……嗚嗚嗚，我可以說不要嗎，我最怕鬼了啊！

明明內心激動不已，我卻強裝鎮定地禮貌詢問：「我是新生，不應該是被迎新嗎？可不可以不要扮鬼？」

「妳不扮鬼嚇人就得被鬼嚇，有比較好嗎？」活動部長恐嚇我。

我被這話嚇得縮瑟。

寶琳學姊比較溫柔，她握住我的手，睜著貓咪般地無辜大眼仰頭看我，語氣近乎懇求，「好兔，妳就幫忙支援夜教好嗎？這是我們學生會負責的活動項目，不好找游泳隊的人幫忙，而現有的工作人員裡，也只有妳能勝任這個角色，拜託，我們人手眞的不夠，連會長都跳下去做了。」

「歐時庭也會在？」我一片晦暗的心，因爲這句話而亮起了點點光芒。

「是，所以妳不必擔心。」寶琳學姊眨巴著水汪汪的大眼，任誰看了都不忍拒絕。

再說，若是歐時庭也在現場的話，至少有個人陪我，這還勉強可以接受。

「好啦，如果你們眞的找不到人，就我來做吧。」我很好說話，被人摸摸頭便答應了。

「太好了，好兔，謝謝妳！」寶琳學姊熱情擁抱我，「妳眞是個熱心又善良的好學妹！」

她拚命讚美我，我有點受寵若驚，整個人樂得暈乎乎，站在原地呵呵傻笑。

只是我忘了向她問清楚究竟要我扮演什麼角色，夜教的詳細活動內容又是什麼，直到幾天後的社課時間，我才從小鈴學姊她們的口中，得知我當天的任務。

「夜教說得好聽點，是膽識訓練，實際上就是學長姊假鬼假怪，把學弟妹嚇得驚慌失措，好製造彼此抱在一起的機會。」小鈴學姊如此說道。

原來，夜教它是這樣一種心懷不軌的活動。

「結果妳到底是扮什麼鬼啊？」郁蕾聽我抱怨了老半天，不耐煩地追問，嘴裡還不忘吃著冰淇淋聖代。

「水鬼。」

「咳！咳咳咳……」郝蕾被冰淇淋嗆到，頓時咳得像是連肺都要咳出來了。

對，就是躲在入夜的游泳池裡，當小隊進行闖關活動時，我必須渾身溼漉漉地爬上岸嚇人；等大家被嚇得抱在一起，哆嗦著完成任務後，我再回到水裡繼續等待下一小隊的人過來。

不停下水、上岸、下水、上岸的水鬼。

難怪學生會裡只有我可以接下這份工作。

❖

除去支援學生會夜教扮鬼這點，其實我還挺期待迎新宿營的，畢竟這是我第一次和一大群人出遊，不為比賽，只單純去玩，不禁讓我格外雀躍。

活動就辦在學校附近的度假村，表定早上七點半在校門口集合，準備搭車。

學生會這次招募進來的新成員，陰盛陽衰，而游泳隊則正好相反，加上幹部們刻意安排遊覽車座位為一男一女穿插入座，因此此次活動頗有聯誼意味，大大提高了大家參加的意願，幾乎無人缺席，車上氣氛異常熱絡，我們這一車更是情緒高漲到快把車頂給掀了，因為壓隊幹部是羅博特！

身為本次聯合迎新宿營的活動長，羅博特光是站在遊覽車的走道上，就已是一道賞心悅目的風景，沒想到他還會帶團康，雖然這和他的外表不太搭，但得知他的優點裡又多了

「幽默」一項，不由得令我心中的計分燈一路往上飆升。

「后里蟹！后里蟹！我說后里你說蟹！」羅博特的顏值配上奇怪腔調的國語，顯得反差極大，全車的女孩都快笑瘋了。

羅博特扯著喉嚨大叫，大家十分配合，我也非常投入，跟著車上的其他人大吼。

「后里——」

「蟹！」

「后里——」

「蟹！」

「后里后里后里——」

「蟹！」

「天哪，郝逸希，這麼無聊的哏妳也能玩得那麼開心。」郝蕾傻眼地看著我。

由於男女比例有些不均，我和郝蕾是少部分沒有被分配到梅花座的女生，她坐在我旁邊，從出發就只顧著玩她的手遊《戀與製作人》，和周遭完全脫節，發現我玩得超嗨，她朝我投來鄙視的眼神。

「好好玩耶，蘿蔔隊長今天真的好搞笑！」

「他就是團康王啊，雖然是比學生會那個只掛名不做事的活動部長強很多，但也只是帶活動而已，哪有什麼。」不知道的人，看郝蕾不過是個整天都在玩手遊的胖妹子，肥宅屬性，殊不知她的情報網無遠弗屆，什麼校園八卦大小事，她鼻子蹭一蹭就能知道。

「他好受歡迎喔，怎麼辦？我總覺得有點苦悶。」我瞥見車上好多女生都被羅博特逗得花枝亂顫，再看看游泳隊的豬哥們，一個個皆是意興闌珊……也是，畢竟他們身旁坐著的女孩，目光全放在羅博特身上，哪還有什麼搞頭。

「人生苦悶沒關係，有顏值就好。」郝蕾明顯不想理我，答得牛頭不對馬嘴。

顏值啊……

放眼望去，學生會的平均顏值似乎頗高，反觀游泳隊便有些參差不齊，除了羅博特的外貌讓我驚爲天人外，其他男生，尤其和我一樣是大一新生的那些男生，幾乎都是空有身材、沒有腦袋的草包，整天只會在IG上秀肌肉、虧妹。

當我這樣分析時，郝蕾不滿意地提出她的見解：「嘖，幹麼對咱家小鮮肉評價這麼差，人家是惹到妳了嗎？妳上哪去找這種一排站出來，要胸肌有胸肌、要腹肌有腹肌，素質如此平均的團隊？人要知福惜福。」

儘管她說的沒錯，但人不能只看外表，心地也要善良才好。很快，我就證明了我的評價是有道理的。

下了遊覽車之後，大家按照小隊排好隊伍，就聽值星官在最前頭喊著：「每一小隊的男生出列，到遊覽車旁邊集合搬水！」

我抬眼看去，老天鵝，值星官居然是歐時庭！

他戴著墨鏡，身穿筆挺軍服，還不是一般的迷彩服，而是二戰時期，納粹風格的德國軍服，史上公認最帥軍裝款，沒有之一。

軍服上的金屬佩件在陽光下閃閃發亮，配上一條藍白紅值星帶，腳上則穿著綁腿軍靴，走起路來喀喀作響，一身軍裝打扮襯得歐時庭格外英俊挺拔。

好帥、好……熱啊！

我看著他，忍不住噗哧一笑。

忽然，有人拍了拍我的肩膀，嚷著：「壯兔，搬水啊！」

我回頭一看，是競泳隊的幾個肌肉猛男準備去幫忙扛水，他們經過我身邊時，一人一句嘻笑著把「壯兔」掛在嘴邊。

對，競泳隊的男生們很壞，都叫我「壯兔」，這也沒關係，畢竟我力氣大，能幫上忙的地方我就盡量幫，可偏偏其中一個隊員楊偉成忽而又開口補了我一刀。

「欸，男生都要去搬水，壯兔別裝死啊，走啦，哈哈哈哈！」他自以爲幽默，還直接伸手往我頭上巴下去，引起眾人一陣訕笑，這讓我大爲惱火。

幼稚鬼，我跟你很熟嗎！

心裡那一把怒火像是滾燙的岩漿不住翻騰，但我天生不擅長反擊……算了，懶得跟他計較，搬水就搬水，也不是什麼大不了的事。

我扁扁嘴，移動腳步往前走。

郝蕾看不下去，抓住我的手腕不讓我走，「好兔又不是男生，你們少在那邊鬧喔！」

她對著她口中的「咱家小鮮肉」吼道。

「咦，不是嗎？哎呀，我看妳沒胸部還以爲妳是男的，對不起呀！」楊偉成這白目鬼越說越過分，這會兒不只是玩笑，根本算是性騷擾了。

「你媽知道你這麼沒水準嗎？」郝蕾爆怒，上前推了他一把。

但楊偉成身材高大還渾身肌肉，她當然推不動，於是場面稍稍起了點混亂。

「後面在吵什麼！」扮演值星官角色的歐時庭大步朝我們走來。

隊輔學姊見狀，連忙向其他隊員叮嚀：「學弟妹，麻煩你們遵守秩序喔。」

「歐巴！他們笑好兔是男生，楊偉成還巴好兔的頭！」郝蕾看到歐時庭如見救星，立刻撲向他，撒嬌告狀。

「我知道，我都看到了。」歐時庭巧妙往旁邊一跨，動作俐落流暢，旁人完全看不出來他是故意讓郝蕾撲空的。

他優雅轉身，當眾指名楊偉成以及幾個對我人身攻擊的隊員，「你、你、你，出列！」

歐時庭讓他們在我面前排排站，喝令：「跟郝逸希道歉！」

霎時間，所有人的目光全落在我們身上，場面說有多尷尬就有多尷尬。

「欸，不……不用了啦。」我瞥見羅博特往我們這邊走來，想必是他看有騷動所以過來關心，這令我一陣緊張，急忙擺手表示不追究了，無奈羅博特已然走近，我頓時更加難爲情。

「發生什麼事了？」

競泳隊的幾個幼稚鬼見到羅博特也如見救星，紛紛抱屈：「隊長，我們又沒怎樣，不過是跟郝逸希開個玩笑，要她一起去搬水而已，這件事有嚴重到需要我們當眾道歉嗎！」

「對啊，隊長你不也常把郝逸希當成學弟，隊友之間開開玩笑，沒什麼大不了的吧。」楊偉成又補我一刀。

我聽到大家都在忍笑，發出悶悶的古怪笑聲，而羅博特的表情看上去也有點尷尬，使我越發困窘，只想快點揭過此事。

「歐時庭，沒關係啦。」我朝他擺擺手，表現出不在意的模樣。

「這應該是學弟妹間的小誤會，既然好兔都不計較了，我們就私下處理吧。等我回去後，會讓這幾個人多做幾次高強度訓練，就當是給他們的處罰，別爲了這些小事delay活動。」羅博特說話的樣子有點冷淡，也許是因爲面對歐時庭的緣故，畢竟他們兩人向來不怎麼合拍。

但我總有種說不上來的鬱悶感，總覺得他好像認爲這件事根本沒什麼好吵的，怎麼會起爭執到影響活動流程？

歐時庭則是眼神銳利地掃視楊偉成一夥人，警告道：「不要再讓我知道有誰欺負郝逸希，否則我跟他沒完。」他鏗鏘有力的話聲，在場每個人都聽得清清楚楚。

「妳跟我過來。」他撂完話，不容分說地抓起我的手，轉身就走，留下身後一堆女生連連驚嘆，包括郝蕾。

「歐巴好帥，超霸氣！眞羨慕……郝逸希妳『好意西』嗎！」郝蕾瘋狂叫嚷。

齁，這個花痴。

我只要讓歐時庭拖走，哪次不是被罵得狗血淋頭，有什麼好羨慕的？

歐時庭一路沉默不語，就這麼抓著我往前走，直到露營區旁的一排小木屋前才停下腳步。

「他們平常都這樣欺負妳嗎？」他面色凝重地問我。

「也不能說是欺負啦……頂多是把我當成男生吧。不過像今天這樣巴我頭還說我沒胸部，倒是讓我挺傻眼的，真的好過分。」我有點沮喪。

運動界就是如此，女生當男生用、男生當畜生用，基本上我都習慣了，但在大庭廣眾下被楊偉成蓄意揶揄，還是會感到難過。

「我不是跟妳說過，嘲笑妳是男生的這種行為，就是在欺負人。」歐時庭搖頭表示不認同。

嗯，我不是第一次遇到這類情況。

從小我便是泳隊的一員，身材瘦高又留著一頭削短髮型，加上體力好、力氣大，時常被當作男生，要我去幫班上做一些體力活，多少有助於增進我和同學們的情誼，不然我課餘時間忙於練習游泳，跟他們都不熟，關係不免有些生疏。

但被大家開性別上的玩笑，或是被欺侮的事也沒少發生過，回想起來仍是挺心酸的。

還記得國一那年，我暗戀隔壁班的一個帥氣男生，原想默默望著他而已，結果我有次跟班上女生聊天，一不小心被她套話套出這點小心思，沒多久就傳進對方的耳裡。

某天下課，那男生把我攔下來，我緊張得心頭小鹿亂撞，以為他要跟我說什麼事，沒想到他居然用鄙夷的口氣對我說：「拜託妳不要到處說妳喜歡我好嗎？害我每天都被同學笑。」

我當場愣住。我哪有到處說喜歡他？況且我喜歡他這件事有什麼好笑的？

「為什麼？」我傻呼呼地問。

「妳有沒有照過鏡子啊，長得那麼壯，根本是個男生，我覺得被妳喜歡很丟臉。」他的表情充滿嫌惡。

「你……過分！」我傷心極了，哭著跑去找歐時庭。

身為國三生的他，正在班上自習，準備迎接即將到來的大考，我不管不顧地站在他的教室外號啕大哭。

歐時庭的同學們被我嚇壞，大家都愣愣地往我這邊看過來，歐時庭隨即也發現了我，立刻衝出教室把我拉走。

「妳幹麼？」

「三班、三班的林司宸說我是男生……說我喜歡他，讓他感到很丟臉，嗚嗚嗚……歐時庭，我是不是真的是男生……媽媽生下我就過世了，是不是因為她分不清我是男是女，氣死的……」我胡言亂語，哭得一把鼻涕一把眼淚。

「妳在胡說什麼？我怎麼看妳都是女生啊。一年三班的林司宸是嗎？可惡，我現在就去找他算帳！」歐時庭的火爆脾氣一上來，十頭牛都拉不住他，他怒氣沖沖地就要下樓找林司宸釘孤枝。

「不、不要啦！」我連忙雙手雙腳並用，死命拖住他。

看到歐時庭氣噗噗急著幫我討回公道的模樣，我內心十分感動，但我只是太難過了才會找他哭訴，並不是真的要他幫我出頭，萬一他為了這件事跑去教訓林司宸，別人一定會覺得我很可怕，一點小事就找國三學長出面解決，恐怕更沒人要跟我做朋友了！

「別拉著我，他欺負妳，當然要向妳道歉。」

「他……他也不算是欺負我，他只說我是男生、不想被我喜歡，這樣而已。」

「他說的話讓妳傷心了，那就是欺負妳。我一定要找他算帳去！」歐時庭極力掙脫我。

後來歐時庭真的把林司宸叫出來理論，還差點逼著他在朝會時，當著全校師生的面向我道歉，嚇得我好一陣子不敢再找歐時庭訴苦。

行為太極端了，這個人。

我收回思緒，就見眼前的歐時庭神情嚴肅，鄭重跟我說：「小兔，妳被捉弄的時候得生氣，不能讓別人認為那樣對妳也沒關係。剛剛若不是郝蕾和我出頭幫妳，他們肯定會沒完沒了地繼續嘲笑妳。」

他說的很有道理，但我不確定自己是否真能做到，我就是孬、就是沒用，怕發脾氣之後場面變得難堪，難以收拾。

可是身材問題一直困擾著我，不解決也不行，尤其上了大學後，我好想談場戀愛……

我總不能找個女生談戀愛吧。

想了想，我問他：「歐時庭，你會不會也覺得我一點女人味都沒有？」

歐時庭上下打量我一番，語重心長道：「嗯，妳的確沒什麼女人味。」隨後又說：「但這不代表他們可以這樣欺負妳。讓妳幫忙搬水就算了，說妳沒胸部那就過分了，他們是看過嗎？」他的表情有些不高興。

「大概是平常練泳時看到的吧。競賽型泳衣有多緊身你不知道，D罩杯都能被勒到變平胸。」對於沒有身材曲線的女游泳選手來說，更是直接被勒成男人身材。

「妳有D罩杯？」歐時庭的黑眸忽而晶亮，鮭魚粉色的唇瓣往上勾了勾，露出寓意不明的笑容。

「喂，你在亂想什麼，我只是比喻好嗎？」我雙手環抱胸前抗議。

他什麼時候也學會開這種低級的玩笑了？

「好啦，無所謂，幾cup都不影響妳是女生的事實。說到泳衣……這身衣服眞是該死的熱。」他伸手替自己搧了搧風。

「對啊，我剛剛看到你穿著軍裝出現，就很疑惑你不覺得熱嗎？雖然已經九月底了，但天氣還是很熱耶，你會不會中暑啊？」

「沒辦法，衣服是薛寶琳去借的，她說迷彩服太醜，硬是借了這套軍裝。」

寶琳學姊的眼光是不錯，但她好像沒考慮到天氣炎熱，穿著這麼繁複軍裝的人會有多難受。

歐時庭手臂一抬，將值星帶取下，另一隻手俐落解開上衣排扣和腰帶，打算脫軍服，見狀，我順手接過他脫下的衣物。

裡頭的白汗衫早已汗溼，歐時庭掀開下襬替自己搧涼，這讓我得已窺見他那明顯起伏的胸膛和肌理分明的腹部。

哇，這傢伙看起來是有胸肌、腹肌的耶！

我不客氣地一把掀開他的汗衫，果然看見他有六塊腹肌。「歐時庭，你哪來的這些啊？」

「當然是練的。」歐時庭眼明手快拍掉我不規矩的手。

「你身爲坐辦公室的學生會長，沒事練身材幹麼？」還練得不錯，不輸我們泳隊的那些肌肉猛男，搞不好跟蘿蔔有得拚。

「沒事就不能練嗎？妳一個女生都有腹肌了，如果我瘦不拉嘰的哪天被妳推倒，教我這臉往哪擱？」歐時庭拉下汗衫，保護住可愛的六塊小腹肌。

「說的也是，以前你瘦得跟竹竿似的，我用一根手指頭就可以把你推倒了，哈哈哈！」我故意伸出一陽指戳他的胸口。

歐時庭不住閃躲，嬉鬧間，他一把抓住我的手指，將我拉扯了過去。

說時遲，那時快，一旁貼著「營本部」三個大字的木門突然開啓，寶琳學姊從裡面走了出來，場面瞬間有點尷尬。

呃……

寶琳學姊眉頭微蹙地朝我們走來……她該不會是誤會了什麼？

我悄悄瞥向歐時庭，他愣了約莫三秒才鬆開我，神色如常地大步走向寶琳學姊。

「營隊活動早就開始了，妳怎麼會還待在營本部？」他口氣強硬，頗有怪罪意味。

原來只有我覺得困窘，人家想的是正事。

「我、我突然不太舒服，羅博特知道後，說他會幫我做我那部分的工作，讓我先回營本部休息。」寶琳學姊眨著水靈大眼，櫻桃小口微微顫抖，聲如蚊蚋，彷彿是從瓊瑤劇裡走出來的女主角。

她原本就身材嬌小，此刻又一副我見猶憐的模樣，別有一番林黛玉的纖弱美感，別說是男人，連我看了都有點於心不忍。

果然，歐時庭的口氣和緩了不少，「還好嗎？要不要我找人帶妳去看醫生？」

「不用不用，我剛剛休息了一下，感覺好多了。」寶琳學姊擺擺手，扯開一抹虛弱卻仍然美麗的微笑。下一秒，她像是發現了什麼，忽然往我的方向看過來，「咦，好兔，妳怎麼會在這裡？」

不是吧，該不會妳到現在才察覺我的存在？

「剛才學弟們和她之間有些小摩擦，我帶她過來聊聊，等一下就讓她回去。」歐時庭先我一步回答她。

「這樣啊……外面好熱，不如你們先進來吹吹冷氣，陪陪我，我一個人待在裡面好無聊。」寶琳學姊親暱地上前挽住我，拉著我往營本部走。

「呃，我……」我不安地回頭看向歐時庭。

「嗯，反正現在是小隊時間，晚一點回去沒關係。我也想進去休息一下，外面眞的熱死了。」歐時庭越過我們，邊走邊說。

既然他都這麼說了，我只好半推半就跟著進去。

營本部其實就是間度假小木屋，只是裝潢要比其他間小木屋豪華許多。營本部的外間是起居室，地上散亂著各種道具和庶務用品，歐時庭朝角落走去，彎身從冰箱裡拿了三瓶舒跑，分別遞給我們。

「謝啦。」我接過寶特瓶，順手擰開，仰頭便往嘴裡灌，眼角餘光不經意地瞄到寶琳學姊握著寶特瓶，使勁擰了老半天還是轉不開瓶蓋。

咦？

我停下暢飲的動作，低頭看了看我握在左手的瓶蓋以及右手的瓶子……我已經喝一半了耶。

「好緊……」她努力了好幾回，仍是沒能轉開瓶蓋，一張小巧精緻的臉蛋皺成包子似的，好可愛。

我正想幫忙，歐時庭快我一步從寶琳學姊手中取過寶特瓶，「熱脹冷縮的關係，需要花些力氣才能扭開瓶蓋。」歐時庭替她擰開瓶蓋，並遞回她的面前，「喏。」

「謝、謝謝。」學姊白皙的臉蛋爬上了淡淡紅暈，露出幸福的微笑。

我有點看怔了。

「發什麼呆？」歐時庭瞅了我一眼，對我投以一個莫名其妙的眼神。

「喔……原來瓶蓋會因爲熱脹冷縮而變緊。」可是會緊到擰不開瓶蓋嗎？我怎麼一點感覺都沒有？

「妳把國小自然都還給老師了吧。」他用喝光了的寶特瓶敲我的頭，逕自往裡間的臥房走去。

沒一會兒，裡頭便傳出歐時庭平穩而均勻的呼吸聲。

他居然就這樣睡著了！

沒想到歐時庭會撇下我和寶琳學姊，少了他居中潤滑，我頓時感到侷促不安。

「學、學姊，我還是回去好了。」我向來怕尷尬，說完便轉身要走。

「好兔，等一下！」寶琳學姊一把將我拉回去。

咦，她竟然拉得動我？她的力氣不是很小嗎？

「我有話跟妳說。」

寶琳學姊的這句開場白，怎麼那麼像電視劇裡的告白起手式……我注視著她，果然瞧見她兩頰紅紅的，眼睛水汪汪的。

雖然這麼說好像有點自戀，但……我的老天鵝啊，寶琳學姊該不會跟小鈴學姊她們一樣是我的粉絲吧，這樣我就一次集滿了「紅寶石戰隊」耶！

腦海中的畫面瞬間轉成了誇張的漫畫情節，我對於自己無遠弗屆的幻想感到莫名佩服。

「好兔，坐啊。」寶琳學姊拉著我到沙發前，從冰箱冷凍庫拿出一支冰淇淋甜筒遞到我面前，而且是我最喜歡的香草巧克力口味。「給妳。」

人們總是會不由自主記得那些在特別時刻聞過的氣味，或品嘗過的味道，並在往後的人生裡再次回味時，憶起當時的感受。

冰淇淋甜筒對我而言就是這樣的存在，我對甜筒可以說是完全沒有抵抗力，在品嘗其香甜滋味時，心頭也跟著浮現幸福感。

但是，寶琳學姊怎麼會剛好拿了甜筒給我？莫非她知道這對於我的意義？

應該是巧合吧，天氣這麼熱，請吃冰淇淋也只是剛剛好而已。

「謝謝學姊！」於是我開心道謝，撕開外包裝，滿心歡喜地吃著甜筒。

忽然，寶琳學姊親暱地拉過我的手，「好兔，我們來交換祕密好不好？」

我愣了下，上身往後一退，心裡不斷閃過O.S.。

我跟妳有很熟嗎？爲什麼要和妳交換祕密？

我的祕密只有歐時庭知道耶！

見我有拒絕的意思，她露出受傷的表情，可憐兮兮道：「其實是我想跟妳說說心裡的祕密，我實在憋得辛苦，想找個人聊聊……妳願意聽我說嗎？」

「妳的祕密是什麼？」我小心翼翼詢問。

「我有一個很喜歡、很喜歡的男生，但他是根大木頭，完全沒察覺我對他的感情。」寶琳學姊難過地說。

啊，我又多想了，原來寶琳學姊想跟我交換的祕密，不是我想的那種。

「為什麼選擇告訴我？我能幫妳什麼忙嗎？」我抓抓頭，覺得她好像找錯人了。

「因為……我喜歡的人是歐時庭。」

我頓時一怔。

雖然我知道歐時庭很受歡迎，從小到大也有很多女生透過我向歐時庭告白，但乍聽寶琳學姊這麼說，我還是感到震驚，畢竟她不是路邊的那些庸脂俗粉。

我不是指那些喜歡歐時庭的女生是庸脂俗粉，而是……薛寶琳耶！神仙姊姊薛寶琳！被她喜歡上的人，肯定上輩子拯救了地球，那人高興都來不及，她幹麼要苦惱？

「聽說妳和歐時庭從小一起長大，你們一定很熟對吧？」

那當然。

「那妳可以幫我嗎？我也可以幫妳喔。」寶琳學姊俏皮地對著我眨眨眼。

我不禁看傻了。

怎麼有人能夠這麼有氣質、這麼可愛又這麼嬌俏呢？她根本不需要我助她一臂之力，任何人看見她，都會一眼愛上她的。

不過，她說她可以幫我是什麼意思？

我慢半拍地反應過來，驚訝問她：「妳知道我喜歡誰？」

「羅博特啊，不是嗎？」寶琳學姊的眼神一亮。

我點點頭，內心卻有一絲疑惑。寶琳學姊怎麼會知道這件事？

然而她知道好像也不奇怪，想來我那天在游泳池畔對羅博特的權宜告白，一定已經被傳出去了。

寶琳學姊突然握住我的手，「太好了！我幫妳追羅博特、妳幫我追歐時庭，我們現在是一個聯盟啦，一起加油！」她怕吵醒歐時庭，刻意放低音量喊道。

可我還是有些懵，我剛剛有答應要跟她組成聯盟嗎？

但再仔細想想，這提議好像也不錯，至少她喜歡的人不是羅博特，而且願意聲援我，那我還遲疑什麼？

「好，加油！」於是我跟著她喊道。

❖

一整天活動下來，大家都有點累了，一夥人終於在傍晚的營火晚會上得以休息。欣賞過學長姊們的表演後，緊接著是分組聯誼時間，兩個小隊爲一組，大家圍著圈圈坐下。每個小組都有幹部們加入，不知是刻意安排還是巧合，我們這組剛好是羅博特和寶琳學姊，歐時庭則被分到了離我很遙遠的一組。

容我先大笑個三聲，哈哈哈！

「哈囉，大家好，今天晚上的分組聯誼，就由我——游泳隊隊長羅博特，和學生會執行祕書寶琳，帶著大家一起活動嘍！」月光下，羅博特的藍眸閃耀著微微光芒，他開朗地咧嘴一笑，引起組裡女同學們的嬌呼。

比起老是端著一張冰塊臉的歐時庭，在這個場合裡，羅博特好像更受女孩歡迎。

我四處張望了下，發現歐時庭臭著臉，一言不發地跟著游泳隊副隊長走向最裡端的小組圈圈，察覺我在看他，歐時庭刻意眼神凶狠地瞟了我一眼，彷彿在警告我：別亂來。

我才懶得理他。控制狂終於沒空監視我了，耶！

整整一下午，歐時庭的巡視路線竟然都和我這一小隊的闖關路線一模一樣，多了個背後靈在身後晃來晃去，害我玩個遊戲都綁手綁腳，沒辦法投入，輸得一塌糊塗不說，還差點沒被隊友譙死。

現在這個重要的分組聯誼活動時間，絕對、絕對不能再讓他有機會來斬我的桃花。

「學長姊們可以坐哪裡呢？」寶琳學姊親切問道。

「我這裡、我這裡！」全組躁動，大家都拚命挪出自己身旁的位子。

「那……我數一二三，大家一起舉手，動作最快的人，就可以坐在我和羅博特的中間喔！」寶琳學姊笑咪咪地說，並悄悄朝我眨了眨眼。

這是要幫我作弊的節奏嗎？

於是我右手握拳，在胸前蓄勢待發，就算作弊也不能太明顯，我得好好配合才行。

「準備嘍，一、二、三！」

「選我選我選我！」我手舉得超快，加上我個子高、手臂夠長，在一堆手中鶴立雞群。

「恭喜好兔學妹！」

寶琳學姊和羅博特朝我走來，我看到羅博特耀眼的笑容在我眼前越放越大，最後，他在我的身旁坐下。

從開學第一天在隊務辦公室見面，到今天，將近一個月的時間，我總算有了和羅博特眞正互動的機會。

在此之前，我對他只存有少女的妄想，因爲在他的潛意識裡，總是把我當成學弟，也曾說過我不是美人魚這樣的話，合理推測，我並不是他的菜，也就一直不敢對他有進一步的動作。

但今天晚上，在寶琳學姊的努力助攻下，事情似乎有了轉機。

好比我們玩「讚美遊戲」時，寶琳學姊就笑笑地說：「我要讚美競泳隊的好兔學妹，雖然大家都覺得好兔像個男生，不過仔細一看，好兔其實長得很漂亮，尤其是一雙腿又直又長，像個名模，我很羨慕呢！」

聽她這麼一說，大家的目光忽然一個個全投向我身上，接著我便莫名其妙獲得了一個「泳界新垣結衣」的稱號。

就連羅博特都轉頭對我說：「認眞細看，好兔眞的算是漂亮的女生，我之前怎麼會把妳誤認成學弟呢？」

羅博特的一雙湛藍眼珠如同藍色漩渦，把我捲了進去。

我一定是在做夢。

什麼讚美遊戲，這根本就是下降頭遊戲，蘿蔔肯定是被下了降頭才會說我漂亮啊！嗚嗚嗚，如果這是夢，請不要把我打醒。

「那麼，接下來我們要進行今晚的重頭戲，『眞心話大冒險』！大家都準備好了嗎？」

還有啊？我的小心臟不知道還負不負荷得了。

寶琳學姊拿出一顆球，說明遊戲規則：「遊戲的一開始，會由我先當鬼，大家一起唱〈倫敦鐵橋垮下來〉，歌唱完的同時，我會喊停，那個時候球在誰的手上，誰就要選擇玩眞心話或大冒險，玩過的人就坐到內圈，其他人則繼續遊戲，前面問過的問題或做過的冒險不得重複，這樣大家了解嗎？」

「了解！」大家異口同聲回答。

這是個簡單又刺激的遊戲，很快炒熱了小組氣氛。

由於每組的活動及順序都一樣，加上學長姊們有特別掌控時間，所以各組紛紛玩起了相同的遊戲，場面頓時一片鬧騰，還有同學選擇大冒險後跑到別組告白，總之現場一團混亂。

我們這一組高聲唱著〈倫敦鐵橋垮下來〉，手上的球彷彿燙手山芋般地丟給下一個人，一首兒歌就要唱完，球也越傳越快，偏偏球又剛從我前方幾位同學的手上傳過，看得我緊張死了！

當寶琳學姊用大聲公喊停的時候，球正好掉在我盤起的兩腿中間，時機就是這麼剛剛好。

「好兔！好兔！好兔！」大家高聲將我拱到了小組圓圈的中心。

我看見寶琳學姊又對我眨了眨眼，這讓我不得不懷疑寶琳學姊是故意的，莫非她打算再幫我一把？

「好兔要選擇眞心話還是大冒險呢？」

我看著寶琳學姊，等她打pass給我，下一秒，她果然在頰邊比了個V字手勢，也就是第二個的意思。

我眨了兩下眼睛，表示了解。「我選……大冒險。」

「好的，我要指派給好兔的大冒險任務是……」寶琳學姊故意拉長了尾音，「親一下剛剛坐在妳右手邊的人！」

坐我右手邊……我呆愣住，不敢相信寶琳學姊說的幫忙居然來得這麼快、這麼直接，就見羅博特已自動站了起來。

「我嗎？」他露出迷人的微笑，緩緩走到我面前，就像偶像見面會的粉絲福利那般，一上來就大方給我一個大大的擁抱。

我驚訝得一動也不敢動。

這、這也加碼加得太凶了！

我少女的小心臟就快要負荷不了了！

全場一陣鼓譟，好多女同學搥胸頓足地大喊：「我也要！」、「放開那個女孩，換我來！」

不過眞正的重頭戲才剛要登場，羅博特放開我，同時往後退了一步，微微低首。由於我們的身高落差不大，而且他已經貼心地先低下頭，所以我往前一靠，輕易地親上了他的臉頰。

啊啊啊啊啊啊啊！

再度重申，如果這是夢，我不要醒過來，我要永遠待在羅博特的藍色漩渦夢境裡！

遊戲繼續進行下去，我還沒從方才的悸動中平復過來，在心裡興奮地大吼大叫：寶琳學姊如此大恩大德，如果我不在歐時庭的水壺裡下藥，讓他們倆生米煮成熟飯，那我還是人嗎？

只是我萬萬沒想到，計畫趕不上變化，竟會殺出個程咬金，而這個程咬金不是別人，正是羅博特本人，輪到他玩眞心話大冒險時，他選擇了眞心話。

上一輪挑戰遊戲的人，問了羅博特一個人人都想知道的問題：「請問你喜歡的人，有在現場嗎？」

「有。」他想都沒想的馬上回答。

隨著他的回應，整組的人再次躁動起來。

「是誰？是好兔嗎？」

會是我嗎？我不免抱有期待。

忽地，我瞥見歐時庭正往這個方向走來，他似乎終於按捺不住脾氣，打算前來關心一番。

我瑟瑟發抖，既期待羅博特說出我想要的答案，又害怕萬一眞是那個答案，歐時庭聽到後肯定不悅，那麼今晚就是我的死期。

結果，又是我想多了。

只見羅博特將目光投向我……旁邊的寶琳學姊，回道：「薛寶琳。」接著，他轉而對我說：「好兔對不起，我喜歡的人是薛寶琳。」

那瞬間，我彷彿墜入冰窖，全身凍住，從頭冷到腳。

我呆愣地看著羅博特，覺得好像有人拿著一大把細細的針，緩緩劃過我的心間，不至於到流血的程度，卻仍感覺有點痛痛麻麻的。

雖然在我爲了澄清自己不是T，而抓著羅博特使出權宜告白之計後，泳隊裡便一直有「好兔喜歡羅博特」的傳言，可是，我從來沒有眞正對羅博特說過我喜歡他，爲什麼他要當著眾人的面，跟我道歉？

他的一句對不起，使得所有人都用一種憐憫的眼神看著我，他們交頭接耳，不知道在說些什麼。

如果沒有先前那些讓人暈乎乎的粉紅泡泡，或許現在我還不會那麼難堪，但就因爲剛剛的起鬨，周遭已然是準備配對成功的氛圍，對比之下，此刻簡直讓人無地自容。

我想，他們一定都在笑我，才剛被捧上了雲端，馬上就重重摔回地上。

我低頭絞著手指，站在原地不知如何是好，又找不到台階下，頓時令我急得想哭。

「小兔有說過喜歡你嗎？你莫名其妙道什麼歉！」歐時庭忽然出聲，大家都被他嚇了一跳，坐在我旁邊的寶琳學姊也瞠著大眼說不出話來。

下一秒，歐時庭直接把我拽走。

第四章　人美好棒棒 人壯是胖虎

「我就知道薛寶琳故意把我隔這麼遠，準沒好事。」歐時庭的聲音分外低沉，聽起來相當不悅。

什麼？

我眼神呆滯地看向他，方才的情況帶給我很大的衝擊，一時間沒能整理好心情，反應也跟著鈍了下來。

「妳該不會眞的喜歡羅博特吧？」他話鋒一轉，認眞問我。

欸欸欸，你這麼直白提問，我該怎麼回答？

我抓抓腦袋，支支吾吾地說：「就……覺得他還不錯。」

奇怪，我到底在緊張什麼，誰規定我不能喜歡別人嗎？

「妳對『不錯』的標準只有這樣？因為他有錢？因為他帥？他甚至游泳還游不贏妳。」歐時庭的聲音高了八度。

「不然應該要怎樣？」

啊啊啊啊，我一定是吃了熊心豹子膽，居然敢回嘴。

然而，說出口的話就像潑出去的水，收不回來了，我只能怯怯望向歐時庭，等著迎受他接下來的抨擊。

「至少像——」他火爆地開口，可能覺得自己反應過度，忽而改口：「算了，沒事。」同時露出一個「真是敗給妳了」的表情。

我鬆了一口氣，想了想，還是該跟他說清楚此事：「歐時庭，你可不可以不要告訴我爸。」

「什麼？」

「我喜歡羅博特的事啊，如果我爸知道這件事，他一定會很怒。」

世界級的游泳賽事，選手間的時間差距都在零點幾秒之內，一個手掌的距離就可以讓選手從冠軍之位落到無法晉級的窘境，因此爸爸認爲，身爲游泳選手，專注是極其重要的一件事，所以在我的游泳生涯中，一切和比賽目標沒有正向關係的事都不被允許，例如談戀愛。

爸爸以爲我上大學後還是在通往國手之路上努力，游泳生涯ing，如果他知道我已玩物喪志，不曉得會怎麼整治我。

而在我的認知裡，歐時庭向來是爸爸的同路人。

我對歐時庭的情感很複雜，既信任又懷有戒心，他本來是個專門向我爸報告我大小事的抓耙仔，但最近我老覺得他已被我感化，甚至還會幫我保守祕密，似乎仍是可以期待他的表現。

不過，我話才剛說完，歐時庭原本收起的怒火竟再度被點燃！

他猛地瞪我，像是火山爆發般地朝我吼道：「妳還是承認妳喜歡羅博特了，既然知道那是會惹怒別人的事，那妳就不要做啊！」

嗄？

我對他的話感到莫名其妙，這個人的邏輯好奇怪。

喜歡，是能說不做就不做的嗎？

那是一件不由自主的事，就像心跳、呼吸、血壓一樣，無法受意志控制啊。

我得趕緊轉移話題或離開現場，好讓這隻牡羊男的怒火自然熄滅，別繼續在我身上延燒下去才好。

剛這麼一想，我便聽見遠處鬧哄哄的聲音逐漸消停，晚會好像結束了。

「哎呀，現在幾點了？」我立刻抓準時機，準備撤退。

歐時庭低頭看了眼運動型手錶，「九點。」回答完，他才又耍起傲嬌，沒好氣地說：「妳沒戴手錶嗎？不然掏出手機看一下不會嗎？」

「我喜歡問你嘛。」我對他諂媚的微笑，「不好意思，我先失陪了，等一下夜教我要扮鬼，得先去化妝。」說完，我轉身開溜。

「等等，妳在哪一關？」歐時庭伸手揪住我的領子，將我拉回他的面前。

「游泳池那一關！我扮水鬼，要一起來嗎？」我咧嘴，露出詭異的笑容。

他表情一僵，鬆手放開我，「不用了，妳自己小心點。」

「那你呢？寶琳學姊說學生會人手不足，連你都下去幫忙了。可你是哪一關的，怎麼彩排沒來，腳本上也沒你的名字？」

「我沒有當關主，就是個吸血鬼值星官。」

噢？

所以他還是可以頂著一張帥臉到處走？

不公平！我要抗議！

最後當然是抗議無效，半個鐘頭後，我就化好防水妝的被推到泳池裡了。

爲了以防萬一，每個關卡都安排了關主搭配一個扮鬼的人，好互相照應。

我這關的關主原本是學生會的活動部長，也是他堅持要有這段劇情，才會需要一個會游泳的人下水當水鬼。

但是後來場勘，羅博特認爲關卡設在游泳池，爲求安全起見，應該連關主都擁有救生員執照才行，便自告奮勇擔任關主，活動部長則改而跟著總召寶琳學姊照看全場。

這樣看來，我能跟羅博特深夜共處也算賺到，如果不是晚會遊戲後我們之間有點尷尬，其實氣氛還挺好的。

只是九月即便秋老虎發威，入夜後仍是有些涼意，加上扮水鬼必須泡在水裡，再渾身溼漉漉地上岸吹風，不過十分鐘，我便開始打噴嚏。

「好兔，妳還好嗎？是不是很冷？來，喝杯熱水，我特地帶給妳的。」

趁著小隊闖關空檔，我披著浴巾坐在池畔，不住地吸鼻子，羅博特從他腳邊的保溫瓶裡倒出一杯熱開水遞給我。

好貼心，居然還準備了熱水。

「謝謝。」我接過，隨口閒聊：「還好啦，冬天寒流來的時候，泳池的水冰得要死，還不是得撲通一聲跳下水，就算嘴脣凍成紫色的也要繼續練泳……隊長沒有過這樣的經驗嗎？」

羅博特搖頭，「我們都是在室內泳池做訓練，即使是冬天也不冷。」

「還好你沒有。這是我爸獨有的訓練方法，太不人道了，早該被淘汰。」

「搞不好，這就是好兔能變成美人魚的訓練訣竅。」羅博特親暱地揉了揉我的髮頂。

我心頭一跳，覺得一股熱氣直往上衝，整顆腦袋暈乎乎的。

「哪是……」我不好意思地別過臉，環顧一圈，不由得搓搓手臂，縮了縮脖子道：「不過，這裡怪可怕的。」

這座游泳池傍山而建，四周茂密的林蔭被風吹得窸窣作響，室內一盞老舊探照燈投射出微弱光芒，映得池水幽幽晃晃，光是看見水中的倒影，我就快被自己嚇死了，更別說是旁人見我這副鬼樣子，還不嚇得半死。

「沒想到看起來強壯無比的好兔學妹，也有害怕的時候呢。」羅博特嘴角上勾，揚起一抹輕笑。

這話是什麼意思？

我長得頭好壯壯，就不能是個膽小鬼嗎？

哼。

美好的氣氛有點走調，我不開心地垮下臉。

羅博特到底沒把我當成女孩，我是腦袋進水了才會想入非非，他明明稍早才剛向寶琳學姊告白，我卻還在自作多情。

見我表情不對，羅博特趕緊改口：「跟妳開玩笑的。我也覺得這裡好可怕，但夜教不就是要嚇人嗎，不可怕哪還算是夜教，對吧？所以這裡氣氛正好，很可以。」

我去！

悠揚的音樂聲從他的口袋裡傳來，他接起手機，是上一關關主打來的，說小隊已朝著我們這邊出發。

「下去吧，生意上門啦。」他似乎逗我逗得很開心，笑瞇了眼，大掌又在我的腦袋上隨手揉了一把，好像我是他的寵物一樣。

我乖乖下水，搞不清羅博特對我究竟抱持著怎樣的想法。

唉，反正我們之間也沒譜，別再想了。

我靜靜地躲在池底，四周一片晦暗、寧靜，無邊無際的冰冷，那一刻，我眞心覺得非常非常恐怖，雖然獨自等在池底的時間頂多一分鐘，對我而言卻像是一年那麼冗長，我忍不住在內心咒罵設計這個關卡的混蛋！

這筆帳我當然記在活動部長頭上。

因爲在水底聽不清楚岸上的聲音，我和羅博特事先說好，等小隊成員到達本關卡後，羅博特會投下一顆小石頭做暗號，屆時我便出水、爬上岸，裝神弄鬼地嚇唬他們。

撲通！

石子的入水聲穿過池水，清晰地傳入我的耳裡，我從池底往上一蹬，攀住池壁緩緩爬上岸，刻意動作僵硬地站起身，低著頭，假髮蓋住我大半的臉，一步步慢慢走向隊員們。

「我……死得好慘……啊……」我很稱職地扮演自己的角色。

周遭相當靜謐，尤其此刻我們又身處在空蕩蕩的室內游泳池，講話稍微大聲一點就會有回音效果，悲淒的聲音加上水鬼裝扮，驚悚度直接破表。

果然，就聽小隊員們瘋狂尖叫，緊緊抱在一起對著我怒罵。

明知道是假的，但總會有人很入戲。

「走開！臭鬼！」

「啊——好可怕——救命啊！」

「這一關的任務很簡單，請你們幫水鬼找出案件兇手，協助破案。」關主羅博特在一陣混亂中提高音量解釋遊戲方式，接著他轉頭看我，「請告訴我們，線索在哪裡？」

我伸出蒼白的手，指向遠方跳台。那上頭放了一張提示板，讓闖關者得以藉由提示解開謎題，只要在時間內順利解謎破案，就能夠過關得分。

遊戲聽起來不難，問題在於……誰要去跳台上拿那張提示板？

根據關卡設計，是由我，也就是水鬼來隨機指定人選，被我指名的隊員必須爬上三公尺高的跳台拿回提示板，否則遊戲就無法進行下去。

在陰森森的游泳池畔，摸黑爬上制高點，除了氣氛令人發毛外，爬上跳水台時必須踩過的橫桿梯子也是讓人打從腳底發涼，完全符合本次膽識訓練的目的，堪稱夜教活動最恐怖的橋段。

這麼嚇人的事，我當然都是將任務指派給男同學。

這一小隊裡有個男同學又高又壯，遊戲開始後，所有人便躲在他後面，當我準備隨機指人時，他們更是一點團隊愛都沒有，直接把那位男同學推到我面前。

「啊——」壯漢同學發出淒厲的慘叫聲。

雖然我知道自己現在這副鬼樣子很可怕，近距離一看更加駭人，但他猛地被人推撞過來，我也被嚇到了好不好……

然而我仍是敬業地幽幽說完台詞：「你去幫我找、兇、手……」我遙指跳台。

誰知壯漢同學嚇得驚聲尖叫不說，還突然伸手往我臉上胡亂抓了一把，嘴裡嚷著：「惡靈退散！」

惡靈退散你個頭！是小時候《美少女戰士》看太多嗎！

我感到額際一陣刺痛，腳步蹣跚地倒退了兩步，羅博特見狀，急忙上前制止：「違反夜教規則第三條：不得攻擊關主和副關主。第三小隊本關零分，請前往下一關。」

於是，這位可憐的壯漢同學就成了眾矢之的。

「嗄？這關我們被淘汰了喔？齁，你幹麼攻擊副關主啦！」

「就是說嘛，膽小鬼！」

「對不起、對不起，我實在太害怕了，出於本能地想驅走水鬼……」壯漢同學被大家說得抬不起頭。

我不禁有些同情他。玩遊戲的時候把人家推出去送死，闖關失敗就怪別人是膽小鬼，這些隊員還眞是推卸責任的最佳體現者啊。

「啊嘶……」等一群人鬧哄哄離開後，我才敢喊痛。

「還好嗎，是不是有哪裡受傷了？讓我看看。」見我吃痛地撫著額頭，羅博特連忙靠過來檢視我的情況。

這一刻，我們兩個靠得好近，我不禁心跳加速，彷彿心臟就要從喉嚨裡蹦出來。

「那學弟眞狠，他在妳的額頭上抓出三道傷痕，都流血了。」

他是貓嗎？得多用力才能抓傷人，怪不得我覺得額頭有些刺痛。

「妳忍一下。」羅博特以衣服下襬替我稍稍止血。

當他掀起衣服時，我以爲除了額頭出血，我的鼻子也要跟著流血了，結果下一秒他便打電話向寶琳學姊回報狀況，打斷了我的美好幻想。

寶琳學姊很快就帶著醫藥箱趕來，身後還跟著活動部長那個討厭鬼。

「怎麼會被抓傷，還好嗎？」她面露憂心，同時俐落地打開醫藥箱，取出藥品。

「嗯，還好。」我坐在池畔乖乖讓她幫我處理傷口，一邊聽她和羅博特商討對策。

「還有兩小隊要闖關，好兔接下來是下水還是不下水？」羅博特問。

我以為寶琳學姊會說泳池池水很髒，下水恐怕傷口會細菌感染，改以別種方式進行遊戲或是取消這關關卡。

結果她皺皺眉頭，思忖了一會兒，說：「活動要有始有終比較好吧，如果這時候取消遊戲，沒玩到的小隊該怎麼計算成績？」

「也是。」羅博特點點頭，表示有道理。

寶琳學姊轉而問我：「好兔，我會幫妳貼防水ok繃，就麻煩妳為活動忍耐一下，好嗎？」

她的語氣明明溫柔若水，可我聽在心裡卻沒來由的覺得冷。

「唔……」

「不要勉強，真不行就換我下水。」羅博特提議。

沒想到寶琳學姊卻一口回絕：「不行，這關的劇情設定是以女水鬼為主角，換男生扮鬼的話，氣氛會跑掉的。」

我想想寶琳學姊說的也不無道理，一切都是為了活動，我忍一下也是應該的，因此我同意了討論的結果，點頭道：「隊長，我可以的，沒關係。」

「好兔，那就委屈妳了。」寶琳學姊柔聲安慰我。她以鑷子夾著沾滿雙氧水的棉球靠近我，「來，臉抬高一點，我幫妳消毒。」

我聽話抬頭，好讓寶琳學姊能替我上藥。

「深呼吸……」棉球輕輕擦過我的傷口。

好、痛、啊！

我下意識往後一縮。

「不要動。」寶琳學姊忽然拽住我，用力將棉球往我額頭上戳。

「啊……啊啊……」彷彿瞬間被千萬隻螞蟻咬過的刺痛感，疼得我忍不住閉上眼，本能揮動雙手，扭了下身體。

「呀啊——」

耳邊忽地傳來嘩啦啦的水聲，寶琳學姊的慘叫聲夾雜著現場兩位男士的吼聲，讓我從劇痛中猛然回神。

「寶琳！」

我睜開眼，還沒看清楚發生了什麼事，就見羅博特裸著上半身，從我眼前飛掠而過，撲通一聲跳下水。

我隨即意識到寶琳學姊落水了！

「怎麼會這樣？」我驚恐地看著寶琳學姊在水裡掙扎，羅博特如魚般地潛入水中，將她的身體往上托，接著小心翼翼把她環在胸前，以救生側泳之姿游上岸。

「郝逸希，寶琳好心幫妳上藥，妳怎麼把她推下水啊！」一直跟在寶琳學姊身邊，像個跟屁蟲的活動部長衝過來罵我。

是……是我害的嗎？

我還搞不明白狀況，只能呆愣愣看向寶琳學姊，她正虛弱地靠在羅博特胸前大口喘氣，目睹這一幕，我心裡不禁泛起淡淡的酸楚。

寶琳學姊擰著眉頭，氣若游絲地說：「沒關係，好兔一定不是故意的，對不對？」

我當然不是故意的。

我根本不知道她是怎麼掉進泳池裡的啊。

「怎麼了？這裡發生了什麼事？」歐時庭剛好巡視到這個關卡，一身吸血鬼裝扮的帥氣登場。

寶琳學姊一見到歐時庭，立刻推開羅博特，「會長，是我不小心掉進游泳池裡了……」她咬著下唇，小聲囁嚅道。

「好好的怎麼會掉進泳池裡？」

「才不是不小心，寶琳是被郝逸希推下水的！」活動部長氣噗噗跳出來告狀，口氣激動。

「我眞的不知道爲什麼會變成這樣……學姊幫我擦藥，我覺得很痛，忍不住掙扎了一下……對不起……」我感到委屈，一整個晚上我都委屈，本來沒事的，怎麼一看見歐時庭就突然想哭了呢？

在充滿涼意的秋夜裡，獨自躲在晦暗的可怕池底，上岸嚇人還反被對方攻擊，就連受傷了都還得眼睜睜看著心上人英雄救美，而那個美不是我就算了，還要被人家栽贓是我害了那個美。

我百口莫辯。

難道我長得壯，就代表我會欺負人嗎？

「沒證據的事，不要亂說。」歐時庭冷冷回應。

「什麼沒證據，我兩隻眼睛都看到了，寶琳幫郝逸希擦藥，郝逸希因爲忍不了痛就把寶琳推開，也不想想旁邊就是游泳池，被她這麼一推，寶琳肯定會掉下水啊！」

歐時庭轉身看向另一個目擊證人。

就見羅博特壓低了眉眼，「剛剛情況一片混亂，其實我也沒看清楚，但我相信好兔不是有意的，一切都是意外，人沒事就好。」

羅博特說得不輕不重，誰也沒得罪，卻也沒幫我說話。

「寶琳，妳自己怎麼不小心點，爲什麼在泳池邊幫她擦藥？妳是活動總召，安排了這樣的關卡，難道連基本安全觀念都沒有嗎？」沒想到歐時庭居然指責起寶琳學姊，她登時說不出話，委屈地哭了起來。

「你說那什麼話啊！這裡就是游泳池，不坐在泳池邊，難不成還要大老遠走去樹下嗎？擦藥就擦藥，還選地點，你要不要乾脆叫寶琳挑個良辰吉時再幫她上藥？」活動部長替寶琳學姊抱不平，氣得跳腳。

完了完了，他們竟然直接吵起來了。

看活動部長平常一副猥瑣樣，原來脾氣這麼火爆，學生會應該不會因爲這件事而起內鬨吧……

「寶琳是活動總召，遊戲關卡則是由你這個活動部長設計的，出了事，你們都要負責，她該慶幸今天落水的是她，不是別人。」

「你！」

歐時庭目光銳利掃去，那模樣配上他一身吸血鬼裝扮還頗懾人的，活動部長被他堵得一句話都說不出來，寶琳學姊也顫抖著，哭得泣不成聲。

半晌，歐時庭瞟了我一眼，又說：「這個關卡直接取消，不要再玩了，竟然還要扮鬼的人躲在池底，你們有考慮過她的感受嗎？」

「小兔，走，回去休息。」歐時庭拿起一旁的浴巾替我披上，直接將我帶離現場。

「哈……哈啾！」我忍不住打了個噴嚏。

「披好，小心不要感冒了。」歐時庭脫下吸血鬼斗篷罩在我身上。

原本打冷顫的身體漸漸暖了起來，就著月光，我望向歐時庭的側臉，一時有點看怔。

我一直都知道他長得好看，卻從沒一刻像現在這樣，覺得他好有魅力。

「歐時庭。」

「幹麼？」

「你今天晚上好帥喔。」

歐時庭愣了一下，才很酷地回答：「這還用妳說。」他逕自拋下我，大步往前走。

「喂，等等我啊，這裡很恐怖耶，喂！」

「啊就人美好棒棒，人壯是胖虎啊。」

❖

迎新宿營之後，我得了重感冒，躺在宿舍床上哀哀叫了好幾天。宿舍的床位設計是上鋪為床，下鋪為書桌，此時郝蕾坐在書桌前蹺腳吃鹹酥雞，聽我訴說夜教那晚的遭遇，最後下了這個結論。

「什麼胖虎？」

「《哆啦A夢》裡的胖虎啊。」

「妳說我是胖虎？妳才哆啦A夢咧！」我伸長手，撈過郝蕾床上的吳世勛抱枕往下丟，不偏不倚砸中了她的頭。

「噢！」她吃痛撫著額頭，抬頭看上鋪的我，「郝逸希，妳再這麼粗魯就嫁不出去了啦！生病還這麼有力氣，妳是浩克嗎！」

「妳才浩呆！剛說我是胖虎，現在又說我是浩克！我讓吳世勛下去和妳親成一團也只是剛剛好而已，妳還抱怨什麼？」我氣噗噗，雙手抱胸表示生氣。

「郝逸希，我說妳乾脆放棄蘿蔔吧，妳撼動不了薛寶琳在他心中的地位啊，她完全是個女神範兒，豈是妳這個胖虎能挑戰的？」郝蕾丟下竹籤，抱緊吳世勛，面露無奈。

「可是學姊說她喜歡的人是歐時庭，我們還組成聯盟了呢。她幫我追蘿蔔、我幫她追歐時庭，只要她跟歐時庭在一起，我不就有機會了？」說到這裡，我慌忙住嘴。

糟糕，我怎麼會忘記歐時庭還有郝蕾這個頭號粉絲！

我小心覷了眼下鋪，就見郝蕾的怒火轟然爆發。

「妳呀妳，妳給我下來！」郝蕾這下也不管我是不是抱病中，直接踩上椅子、踮起腳尖，伸長手抓住我的腳踝，試圖把我拉下床。

儘管她身上都是脂肪沒多少肌肉，但人在盛怒之下的力氣也是不容小覷，我死命掙扎，卻被她拉扯得半個身體掛在床板外。

見情勢不對，我趕緊求饒：「好啦好啦，我下去就是了，妳不要再拉了，我會摔死的。」我邊說邊沿著床鋪旁的階梯移動腳步，以免摔斷腿。

「郝逸希，怪不得人家都說運動員頭腦簡單、四肢發達，妳沒事跟薛寶琳搞什麼戀愛聯盟，整件事我聽起來就不對勁。」她雙手扠腰，像個胖茶壺，開始數落我。

「我當時對寶琳學姊提出這個提議也感到莫名其妙，可是我想了想，又覺得好像滿不錯的，忘了妳也喜歡歐時庭……不過我還沒出手幫她，眞的。」我強調。

因爲根本來不及出手，我就被人抓傷，還得了重感冒，躺在床上好幾天。

「妳暫時先不要管什麼聯盟了，我猜歐巴也不會喜歡她這一型的，妳省點力氣。」

「那我跟蘿蔔的事怎麼辦？」

「我幫妳想辦法啊，總好過薛寶琳吧，妳跟她又不熟，她哪知道妳的魅力在哪？」

「那妳覺得我的魅力在哪？」我站挺身子，滿懷期待地等她回答。

她雙手環胸，煞有介事審視了我半晌，最後嘆了一口氣，語重心長道：「就評斷女人的標準來說，嗯，還眞是沒有。」

「欸，怎麼這樣啊！」

「好啦，妳在跳水台上準備跳水的樣子還挺有魅力的，不過，那是以T的標準來評斷。」

「我想知道的是怎樣才可以吸引到羅博特啦！」我翻白眼。

那種事還用她說嗎？根據小鈴學姊的說法，我的粉絲專頁有三萬人按讚耶！裡頭的粉絲幾乎都是女生。

「那……容我再想想。」郝蕾的表情像是遇上了十年無法偵破的懸案。

「我去！等妳想完，蘿蔔也被別的女生一口吃掉了吧。」

「不，等等，雖然我現在腦袋裡一團漿糊，還分析不出什麼可用的東西，但我可以肯定的是，薛寶琳提出的聯盟方法是絕對行不通的，妳不能跟她聯盟。」

「我知道妳的腦袋是一團漿糊，所以我也不指望妳了，我去問小鈴學姊她們可能還比較有用。然後妳放心，我不會再跟寶琳學姊聯盟了。」其實我本來也就沒打算要答應呀。

話說到此，手機忽然響了起來。

「小兔，下來。」是歐時庭。

「喔，好。」

我剛掛上電話，郝蕾就問：「是歐巴嗎？」

「對啊。」

「他眞的好貼心喔。妳病了幾天，他就來了幾天，每晚同一時間帶熱湯圓給妳吃，這麼好的哥哥，我也想要有一個。」郝蕾又開始發花痴。

「何須有哥哥，妳嫁給他不就得了？」

「不，他是偶像般的存在，我從沒幻想過要嫁給他。婚姻只會破壞彼此之間的美好，萬一撕破臉，甚至連朋友都當不成，太可怕了。」

我能夠理解郝蕾這段超齡的言論，因爲她的父母，也就是我的叔叔、嬸嬸，即是婚姻失敗的例子。郝蕾從小在單親家庭長大，一下子住叔叔家、一下子住嬸嬸家，還要聽叔叔說嬸嬸的壞話、嬸嬸說叔叔的壞話，搞得郝蕾幾乎都要錯亂，不明白爲什麼兩個仇人會結婚生小孩，就連我也曾經感到疑惑。

直到長大以後，我們才明白，原來他們不是成爲仇人後才結婚的，而是結了婚才變成仇人。

我走下樓，見到歐時庭提著一個塑膠袋，站在女宿外等我，心裡突然有些恍惚。

這個人，應該永遠會是我的哥哥吧，這樣我們的感情就會一直這麼好，我也永遠可以在生病的夜晚，有哥哥買熱湯圓給我吃。

❖

在我生病的那個禮拜，除了頭幾天反覆發燒下不了床之外，我都還是會到游泳隊見習，做做拉筋暖身等陸上活動，以免一場重病下來，體力大降，到時還得花時間訓練體能。

社課時間，我無法下水，小鈴學姊她們樂得纏著我團團轉。

「好兔，喝點我爲妳準備的熱檸檬水吧。」小鈴學姊從包包裡拿出一個保溫杯遞到我手裡。

「咳、咳咳，謝謝學姊。」

「還有我替妳熬的冰糖燉雪梨。」瑋瑜學姊取出一個保溫餐桶塞到我懷裡。

我非常感謝學姊們的心意，視線卻忍不住看向另一頭。泳池裡，羅博特和寶琳學姊正如火如荼進行教學，在我眼裡宛如戲水鴛鴦，分外刺眼。

啊……我好想讓學姊們下水去破壞他們的好事啊。

其實羅博特已經答應我，在我痊癒之前，會代替我教學姊們游泳，但她們見我病了，不只關心慰問我，還體貼地送來各式補品替我補身體，我盛情難卻，怎麼好意思逼她們入水呀？

「學姊，妳們對我實在太好了。」我紅著眼望向她們，既感動又扼腕。

「偶像生病，粉絲當然要好好照顧她啊！」瑋瑜學姊笑笑地說，「不如我們進隊辦，坐得舒服點，妳也好趁熱吃。」

咦，她居然說得這麼理所當然。

社課時間不好好學游泳，隨隨便便就跑進隊辦鬼混，這樣對嗎？

見我還愣著，學姊們二話不說，一人一邊架著我往隊務辦公室走去。

「不要啦，我怕遇到總教，他一定又會跟我嘮叨國手選拔的事。」我掙扎著，但生病使得我氣力大減，加上兩位學姊牢牢將我夾在中間，我實在有點難脫身。

「這有什麼好怕的，國手資格對妳來說，猶如探囊取物。」

我都不曉得小鈴學姊的國文造詣這麼高，連探囊取物都出來了，我還以爲「紅寶石戰隊」是走外貌取勝的路線呢。

幸好，辦公室裡沒人，我安心在沙發上坐下，學姊們也硬湊過來，將我左右包夾，一個替我擰開保溫杯的杯蓋，一個幫我打開保溫餐桶的蓋子，裡頭的冰糖燉雪梨還熱呼呼的。

瑋瑜學姊餵了我一口雪梨，小鈴學姊又忙不迭遞上一杯熱檸檬水，此時的我就像個左擁右抱的皇帝。

這待遇大概是所有男人的夢想，可是這畫風不是我要的啊！

我邊吃邊聽學姊們閒聊著，她們還在說游泳國手的事。

「唉唷，我不想去啦……」被雪梨燙到舌頭，我一句話說得含糊。

學姊們卻聽得好清楚，異口同聲：「不行！」

「妳游泳的樣子有多帥，妳知道嗎？肯定要游進奧運殿堂的啊！」

學姊們的反應比總教練激動八百倍，我有點後悔接受她們兩人的好意，有種把豬養肥好宰來吃的誤上賊船感。

「學姊，教過妳們幾堂游泳課，我們也算有點交情，對不對？」我決定鄭重表述自己的意向。

「當然當然，能跟偶像有交情，是粉絲的幸運。」小鈴學姊說，並和瑋瑜學姊一人一邊幫我搥肩膀、捏手臂，放鬆我的肌肉群。

「咳咳，因為妳們是幸運的粉絲，所以我才說的喔。」我放下湯匙，擦了擦嘴，很嚴肅且慎重地告訴她們：「學姊，我不是T，我喜歡的是男生。」

我也不知道為什麼必須這麼煞有介事地宣布這個消息，更不知道為什麼學姊們聽了我的話就哈哈大笑，還笑到東倒西歪一直拍打我。

「好兔，妳眞是太可愛了，哈哈哈哈！」

「我們當然知道妳喜歡的是男生啊，哈哈哈哈哈！」

欸，欸欸欸，我們當中是不是有什麼誤會啊？所以妳們知道我喜歡男生卻還是這樣待我，究竟是怎麼回事？

我傻眼。

小鈴學姊邊笑邊替自己倒了杯熱檸檬水，喝了一口，才緩過氣來說：「妳到底想說什麼？」

「我……我覺得自己毫無魅力，我是說，除了游泳之外，我也想要有被男生喜歡的那種魅力，就像妳們這樣。」

學姊們打量我好半晌，又面面相覷了好一會兒，才由瑋瑜學姊代表發言：「妳指的是『女人味』嗎？」

「大概吧……」

「希望自己也能有些男粉絲，是嗎？」小鈴學姊補充一問。

「唔，是吧。」應該也可以這麼說。「我該怎麼樣才能吸引到男粉絲呢？」我認眞詢問。

「來，站起來站起來。」小鈴學姊指示我起身。

學姊們又再一次上下打量我，這次兩人更仔細，不只用眼睛看，還動起手，在我的身上東摸摸西碰碰，然後相看一眼，一副了然於心的模樣。

她們點點頭，再次由瑋瑜學姊代表發言：「首先，我覺得好兔妳有點太壯了，這會帶給男生壓迫感，很難令男生有心動的感覺。」

太壯嗎？

這個詞，勾起了我不好的回憶。

一切都是因爲我身材過壯而引起的，被欺負是這樣，被當成男生是這樣，受了委屈不被同情也是因爲這樣。

羅博特就曾笑我這麼強壯，竟然也有害怕的時候。

郝蕾也說了，人美好棒棒，人壯是胖虎。

對，沒錯，問題就是出在這裡。

寶琳學姊正好是我的對照組，她嬌小柔弱，讓人看了就想捧在手心呵護，羅博特喜歡的，應當就是那樣的女孩。

「那我該怎麼辦？」我焦急地問。壯了一輩子，現在突然要改變，我束手無策啊！

「減肥嘍，一定要減肥，個子高沒關係，Model也都很高，這不影響女人味的養成。」

嗯嗯嗯。我拚命點頭，這代表我還有得救。

「另外，其實妳的五官長得很好看，帶點清新氣質，可是妳的穿著太隨便了，佛要金裝、人要衣裝啊，偶像。」瑋瑜學姊繼續嫌棄，「妳衣櫃裡的衣服都有哪些款式？」

我努力想了想，回她：「T恤、牛仔褲和運動服，沒了。」

經過一番猶如電腦般地精密分析，學姊們歸納出三大重點：

一、減肥。

二、學著化妝。

三、穿得像個女生。

還好不是叫我重新投胎。

找到問題後，接著就是對症下藥，於是，我的祕密改造計畫悄悄展開。

第五章　改變，需要付出代價

晚上，歐時庭又送來熱湯圓時，我斗膽拒絕了。

我們坐在女宿一樓交誼廳的休閒椅，桌上擱著的那碗紅豆湯圓，被我和歐時庭推來推去。

「為什麼不吃？」歐時庭緊皺著眉頭看我。

「就覺得今天沒什麼胃口。」才怪。我看著綿白Q軟的湯圓在紅豆湯裡滾啊滾，忍不住吞了口口水。

學姊們說過了晚上八點就必須滴水不進，現在已經八點半了，即使再餓，我也得忍著。

「肚子痛嗎？」

我搖頭。肚子不是痛，是好餓啊！

可是不行，我得忍。

「那怎麼會沒胃口？妳從小生病不都一定要來碗紅豆湯圓的嗎？」

「你吃你吃，我不想吃。」我把熱騰騰的紅豆湯圓推回他面前，堅決不下肚。

「小兔，妳是不是燒壞腦袋了？」歐時庭忽地伸手摸上我的額頭，嘴裡低喃：「沒發燒啊……妳今天到底是怎麼了？」

我陷入天人交戰，理智和食慾不斷地在內心拉扯，讓人極度煩躁，於是我向天借了膽，直接撥開歐時庭的手，嘟嘴嗔道：「我說不吃就是不吃。」

「我特地買來給妳吃的，妳不吃？」他不敢置信地瞪大了眼，口氣有些強硬。

唉，我明明就想吃，何必惺惺作態，再這樣僵持下去，我的祕密計畫肯定被他識破。算了算了，減肥的事，明天再開始吧。

我端過紙碗，低頭吃了起來，耳邊還依稀聽到歐時庭的碎語：「胃口好得很，剛剛是中了什麼邪。」

「郝逸希。」

聽他這麼一喊，我連忙吞下嘴裡的湯圓，端正坐好。

他會連名帶姓的叫我，通常是要開始說教的節奏。

「妳剛才跟我演那一套，是在向我撒嬌嗎？」他沒說教，臉上的表情難以言喻，好像想生氣，嘴角卻又似笑非笑地微微勾起。

噗哧——

我嗆了下，紅豆皮還什麼的東西從鼻孔裡噴了出來。

「妳幹麼，好髒。」歐時庭嫌惡地抽了張面紙擦拭桌子，擦掉從我鼻孔裡噴出的穢物。

還好我已經把湯圓吞下去了，只是稍微被紅豆湯嗆到，否則我可能會當場身亡，死亡證明書上面的死因是，吃湯圓受驚而噎死。

他怎麼會對我有那種誤解？

我想了想，對著他喊道：「歐巴。」

我故意學郝蕾那樣叫他，但因爲這幾天重感冒咳壞了嗓子，我的聲音變得粗嘎難聽，這聲「歐巴」聽起來其實有點嚇人，結果歐時庭居然驀地臉紅，好可愛。

沒想到歐時庭這個火爆分子、控制狂，竟然意外有反差萌的一面。

待臉龐上的紅暈消退不少後，他咳了兩聲，正色道：「妳眞的把腦袋給燒壞了。」

「我是在示範這樣才是撒嬌，剛剛只是在『張』，覺得紅豆湯圓連吃一個禮拜好膩。」我替自己找了個理由，以免他懷疑我這個吃貨拒絕美食的原因。

「不然妳想吃什麼，我明天買來。」歐時庭的語氣一下子溫柔許多，我有點不習慣。

他一直說我燒壞腦袋，我才覺得他吃錯藥咧。

他從來都不管我想不想、需不需要，全按著他的想法去做，而我只能接受，只因他認爲那樣對我是最好的。今天他如此反常，是在迎合我嗎？

既然他問了，我也就正式提出要求：「不用再帶東西來給我吃了，眞的，我的病快好了。」

「妳是在拒絕我嗎？」雖是問句，卻有滿滿的威脅感。

唉唷，他這人好極端。

「沒、沒有。」

「好，那妳明天想吃什麼。」

我努力回想了下學姊們說過的話，如果超過晚上八點之後非要吃點東西，我可以吃……

「一把堅果。」

「一把堅果？那是什麼東西？」歐時庭看起來有點火大，但他還是耐著性子問：「是指瓜子、杏仁之類的嗎？」

「對。」我回答得堅決肯定，鏗鏘有力。

就算不對我也要說對，以我和他的交情，只要他眉毛一挑、嘴角一撇，我大概都看得出他的心理活動，此刻他的耐性已差不多在臨界點，再鬧下去他可就要翻臉了。

「好，那我就買把瓜子給妳嗑。」

喂，不是這樣吧，生病的夜晚，誰想要嗑瓜子啊？

我正要抗議，歐時庭的手機就響了。

他倆落接聽手機，「是，郝爸您到了？對，那條路直直開到底就是了。不是不是，雲想樓是男生宿舍，我現在在小兔這邊，是花想樓。」

郝爸？

歐時庭現在是在跟我爸講電話嗎？聽起來，他似乎是在報女宿的位置。

我在他面前比手畫腳，用誇張的嘴形無聲問道：「我爸？他幹麼？他要過來？」

歐時庭邊講電話，邊點頭、搖頭回應我，後來可能覺得我實在太煩了，索性抓住我揮舞的一雙手，用眼神示意我閉嘴。

好不容易等到他掛了電話，我立刻激動扯住他的衣襟，仰頭歇斯底里問：「我爸要來？是你叫他過來的？」

「他聽說妳重感冒，就自己跑來了。而且，他已經到了。」歐時庭往窗外指了指，就見爸爸雙手提滿了東西，站在宿舍外張望著。

我、的、老、天、鵝、啊！

「歐時庭，你怎麼不早說？」

「爸爸來見女兒，難不成還要先預約？」歐時庭不以爲然，轉身喜迎爸爸去了。

沒過多久，歐時庭將爸爸領了進來，並將兩大袋看樣子是要給我的「物資」，輕輕擱在桌上。

「郝爸，這邊坐。」他拉開我左側的椅子，讓爸爸入座。

「爸爸，晚……晚安。」

「小兔，感冒好點沒？」爸爸看著我，剛毅的臉部線條比平常要柔和許多。

但我仍無法軟下身段跟他撒嬌，只是低下頭，訥然回應：「嗯，好多了。」

爸爸沒再說話，場面頓時有點尷尬。

「郝爸，您放心，有我顧著她，沒事的。」歐時庭主動開口，化解了我和爸爸之間的不自在。

爸爸露出寬心的神情，點點頭說：「小歐，這段時間麻煩你多照顧她，記得提醒她按時吃藥，別讓她亂吃東西，這樣病才好得快。」他頓了下，接著說：「別隔太長的時間不下水，對訓練不利。」

聽他這麼一說，我心裡又不舒坦了。

爸爸大老遠從家鄉開車過來，就爲了關心我能不能快點恢復日常訓練嗎？

「郝爸您放心，我會幫您照顧好小兔的，倒是您開長途車過來，一定累了，今晚住宿的地方找好了嗎？您沒提早跟我說一聲，不然我就替您安排本地最好的飯店入住了。」

「不必不必，我已經跟老徐說好今晚住他那兒，我們很久沒見了，正好趁這個機會敘敘舊，聊聊未來規畫。」

老徐就是徐俊總教練。爸爸和總教還能有什麼未來規畫，不就是我嗎？

我一直盤算著該怎麼說出自己的想法，可每個人都擅自爲我鋪好未來的道路，如果我說一個「不」字，不知道會掀起多大的波瀾。

我還沒有心理準備，也不知道該怎麼面對與全世界爲敵之後的狀況，因此直到現在，我依然沒能告訴爸爸，我不想游泳了。

「爸爸。」我鼓起勇氣開口，但一想到今天的他如此溫柔待我，我實在不忍心破壞這難得的好氣氛，於是最後我還是把話給吞回肚子裡，話鋒一轉：「謝謝你來看我。」

「沒什麼，怕妳病了不舒服，所以我一結束學員訓練就趕過來了。小兔，這一袋是妳喜歡吃的醃泡菜，爸爸帶了一大罐給妳，不過妳現在還不能吃辣，等感冒好了再吃；另一袋是些水果乾，妳自己留一點，其他就拿去分給泳隊的朋友們吃。」爸爸稍稍說明了下他提來的兩大袋內容物，都是些我愛吃，他卻不太讓我吃的食物。

「好，謝謝爸爸。」

「時候不早了，妳早點休息，爸爸明天再來看妳。」他遲疑地伸出手，撫了撫我的頭，動作有些僵硬。

見他這樣，剛剛我還埋怨他的那股怨氣倏忽間消失無蹤，只感覺眼睛微微泛酸。

「嗯，爸爸再見。」我準備送他到門口，才起身，歐時庭就伸手把我按回座位。

「我送您出去，讓小兔上樓休息吧。」

「是啊，小兔妳感冒沒好，別吹風，讓小歐送我就好。」說完，他轉身緩緩走向門口。

望著爸爸離去的背影，我感到有些扎眼。一陣子沒見，剛才依稀看到他鬢髮間的斑白又多了幾根，那個總在游泳池畔對我大呼小叫、我贏了游泳比賽又會帶我去吃大餐的爸爸，已漸漸老去。

大概是人在離鄉背井後，總會對故鄉親人有些眷戀，我突然覺得，我和爸爸之間的距離似乎沒那麼遙遠了。

❖

待我感冒痊癒可以下水時，已經是一個月後的事。這天社課，總教練集合了競泳隊的隊員，展開精神訓話。

妙。

「各位，從開學到現在，大家輕鬆了一個多月，也差不多該收心了。」總教練不過才剛起個開場白，底下已是一片哀號，預感他接下來要宣布的事不會太美

「今天全國體育總會公布了明年度全大運的比賽期程，一樣是訂在四月底到五月初，請各位隊員提早訂立自我目標，奮起吧！」

全大運，也就是全國大專校院運動會。

「總教每次都會先說一段激勵的話，看似要鼓舞士氣，結果是將人一個個推進谷底，妳等著看吧。」身邊的大三學長忽然轉頭這麼跟我說。

我還在思考這話是什麼意思時，就聽總教練接著說：「這學期我們添了很多生力軍，加上明年度的全大運游泳賽事輪到本校主辦，占有地主隊優勢，我對各位打破創隊以來的獎牌紀錄有百分之兩百的信心，大家一定要比過去更努力練習才行。因此，我決定從今天開始，加強訓練力度，各位，奮起吧！」他舉起右手在胸前屈肘握拳，連喊了三次「奮起」。

「齁……」大夥兒唉聲嘆氣的，連帶著我也想嘆氣。

「你們不要怪我下手殘忍，不使霹靂手段，難顯菩薩心腸。」總教練一副很爲難的樣子。

「才怪，他的心，比誰都要狠。」學長私下碎語抱怨。

我有點明白學長的意思。在競泳隊待了將近兩個月，我發現總教和爸爸不同，爸爸的

訓練態度是表裡如一的嚴厲，但總教走的似乎是笑面虎路線，他都笑笑地跟大家說話，卻是笑裡藏刀。

唉，我不想比賽了，可以不參加全大運嗎？

才剛這麼想，馬上就有人cue我。

「總教，我們明年全大運有郝逸希，其他人躺著游都能狠贏別的大學，幹麼還要特別增加訓練啦……」

我回頭看去，是迎新宿營時取笑過我的大二學長劉必容。

「對啊對啊，郝逸希一出馬，大家都嚇死了，花梨大學直接拿總冠軍，耶！」幼稚鬼楊偉成也跟著瞎起鬨。

這些人真的好討厭。

「兩位學弟，好兔游得快是好兔有本事，但這不代表她出賽便可以減少你們個人的獎牌貢獻數。」羅博特站出來幫我說話，讓我感動極了。

坐我旁邊的大三學長也出聲噓道：「劉必容你是游泳游到腦袋進水了嗎？游泳不躺著游，你倒是教教我怎麼站著游、坐著游。」

全場哄堂大笑，笑聲響徹整座室內泳池，還帶著立體環繞音效。

原本以爲，我會因爲身材而繼續被嘲笑，沒想到學長們竟都幫我說話。是我想太多嗎，怎麼覺得迎新宿營後，大家對我的態度好像變得不一樣了？

看著羅博特替我說話的凜然模樣，彷彿整座泳池都冒起了粉紅泡泡，我就像一尾魚，優游其中，內心感到輕盈且雀躍。

雖然羅博特說過他喜歡的是寶琳學姊，可我明顯感受到宿營之後，他變得更照顧我，在我重感冒的那段期間，他也送了不少保健食品、水果禮盒給我，祝我早日康復。

郝蕾看過禮品，說那些都是進口的高檔貨，顯見我在他心目中的地位並不一般。

如果眞是她說的那樣就好了，然而羅博特除了對我的態度變得熱絡之外，看著我的眼神跟看其他學弟妹並無二致。

吵吵鬧鬧的過程中，總教練一直抿著嘴角微笑，直到大家安靜下來，他才接著說：「你們的隊長說的沒錯，全大運比的是團隊精神，不該單靠郝逸希一個人奪獎牌。我期望郝逸希的加入，能夠逼出在場每位隊員的潛能，並且藉由她分享的訓練歷程，讓大家有互相學習的機會。在全大運前，十二月還有一場北區四校聯賽，成績將作爲個人全大運參賽項目的參考，希望大家把這場賽前賽當作全大運一樣努力。」

總教練一口氣說完，最後宣布：「十一月開始，進入集訓期。」

「齁……」全場又是一片唉聲嘆氣。

連北區四校的友誼賽都要執行嚴苛訓練，簡直搞死人。

總教練不理會大家的哀叫聲，雙手一拍，「每個人到器材室領划手板、夾腳浮球和浮板。今天的開胃菜是暖身兩百公尺，划手、踢水各一百公尺做五個循環；主菜是法特雷克訓練。循序漸進，我很人性的。」他看向我，「郝逸希，妳先跟我到隊辦一趟。」

「第一天就是法克雷特，哪來的人性啦……」

大夥兒哀號著，悻悻然起身，往器材室走去。

法特雷克訓練是一種「速度訓練法」，過程中，將採取慢游兩百公尺、衝刺五十公尺的方式進行反覆訓練。在那衝刺的五十公尺裡，泳者會感到渾身虛脫無力，幾輪下來，就會有一種瀕死的感覺，讓人覺得非常fuck，所以我們都戲稱這根本是「法克雷特」訓練。

不過，對我來說，最法克的是總教練把我叫進辦公室講話一事。

走進隊務辦公室，我看見歐時庭已經坐在裡面，他手裡煮著咖啡，靜靜地沒說話，但我知道他是一切了然於心，只是不動聲色罷了。

「小兔，我想四校聯賽對妳來說不是問題，我早已擬好妳全大運的參賽項目，屆時成績將用來申請進入國家代表隊，爭取參加下屆亞運的資格，妳要好好表現。」總教練開門見山，完全不鋪陳、不客氣，我連說不或裝傻的機會都沒有。

「總教，我……」我絞著手指頭，心裡的兩個聲音不停吵架。

「快啊，快告訴總教，妳要退出泳壇。」

「還是不要好了，都已經加入游泳校隊了，還想著退出泳壇啊。」

「是不是覺得壓力太大？」總教練見我支支吾吾的，難得顯現了一點菩薩心腸。

「我、我不……」我抬眼，正好對上歐時庭的眼睛，他的眼神犀利，好像在警告我不要亂說話，於是我脫口而出：「我不知道。」

「沒關係，太久沒比賽，的確會有點迷茫。但妳放心，我會幫妳進入狀況的。」總教練拍了拍我的肩膀，比起其他隊員，他對我分外慈藹。

「謝謝總教。」我也只能低頭順服。

「小兔，上回妳爸爸來，特別拜託我替他好好訓練妳，他對妳寄予厚望，妳千萬不能讓他失望，好好練習，好好表現！」總教練端出招牌手勢，屈肘握拳，幫我打氣。

「是。」

接著，總教練又開始滔滔不絕地說起當年，他和我爸媽，二男一女鐵三角在國家隊的往事。

「小兔啊，妳跟妳媽媽真是一個模子刻出來的呀，而且妳游得比她還好、還有天分，青出於藍更勝於藍。她沒能達成的奧運夢想，肯定可以在妳身上實現！」

媽媽像是停留在他們心中那段一直無法完結的、最美麗的遺憾，因此這兩個老男人都有個共同的症頭，便是一看到我，就要緬懷媽媽那曾經璀璨，卻不完美的過去，展望著有我接棒的未來。

可是，只有我自己知道，我不過是一隻不知道要跳到哪裡去的兔子，我不敢，也承受不起來自媽媽的美人魚稱號。

❖

我稍做暖身，戴上泳鏡泳帽往池畔走去，第五到第七水道是專屬競泳隊的練習水道，我還猶豫著要選擇哪個水道時，目光倏地被水中一道流線型的蝶泳身姿所吸引，完美的上臂線條拉起一道水簾又藏入水裡，就像一隻展翅的黑蝶，畫面十分好看，我不禁看怔了。

倏忽間，那人已經抬手觸到我這一端的牆面，唰啦一聲破水而出。他將泳鏡拉高到額際，露出一張白皙俊顏，儘管頂著戴上就變得光頭似的矽膠泳帽，那張臉也還是帥得不得了。

我拍拍胸口，以免心跳過快，還沒下水就先缺氧。

「好兔。」羅博特露出精壯的上臂，屈肘靠著池畔，仰頭對我說：「我游得怎麼樣？」

「很棒，姿勢很漂亮。」我由衷地讚嘆。雖然速度不快，但姿勢滿分。

「唉，可惜就速度差了點。」他嘆了一口氣，也知道自己美中不足之處。

「速度是可以練出來的啊。」羅博特主動攀談讓我開心不已，我在池畔蹲下來，決定先下水再找個人少一點的水道游泳。

待我跳下泳池，羅博特忽而游到我身邊，「好兔，妳跟我用一個水道吧，我可以幫妳開出一條路，妳比較好游。」

咦？

他說這話時，聲音酥軟，卻狠狠撞進我的心頭，要不是知道他早已心有所屬，我肯定又會胡思亂想，以為他對我有意思。

「你要讓我跟游？」我好訝異，這在某種程度上來說，等於與他同組訓練了。

練泳的時候，大家都不喜歡當第一個出發的人，因為那個人要負責開道，水阻力大，游起來比較費勁，而跟游相較輕鬆許多。

「當然。」他朝我笑了笑，旋即潛水蹬牆而出。

我在他游出兩個身長之後，才跟著他出發。只是我跟了大約一百公尺，就老是不小心碰到羅博特的腳底板或腳踝，我好怕他誤會我趁機偷揩油。

游滿暖身的兩百公尺後，我們在池壁邊做韻律呼吸，短暫休息。

「好兔，妳的自由式緩游還是好快，我老覺得有人在抓我的腳。」羅博特笑說。

我有些不好意思，「對不起，我等一下慢一點出發。」

「沒關係，是我自己的問題，我自由式一直游得不太好，所以才專攻蝶式。妳等等跟在我後面做踢水練習時，可以順便幫我看一下我的姿勢嗎？」

蘿、蘿蔔居然請我幫他看泳姿，我、我可以嗎？

我有點受寵若驚，連忙點頭，「當然沒問題！不過，你問總教不是比較清楚嗎？」

「總教讓我專攻蝶式就好，但是我想破自己的混合四式紀錄，只有靠混合四式項目，我才比較有機會達到進入國家隊的標準。」

「你很想進國家隊嗎？」

「當然，這是所有游泳選手的夢想吧，難道妳不想嗎？」羅博特說這句話時，沒有顯露出驚訝的表情，似乎只是單純的反詰一問，之後他又逕自說了下去：「其實我很羨慕好兔呢，大家都說妳是天生的游泳好手，不費吹灰之力就能擁有進國家隊的資格。」

他這麼一說，把我原本想講的話都逼了回去。

雖然我喜歡他，但他此刻說的這些話，我實在無法苟同。沒有人是可以不費吹灰之力就得到什麼的，我必須非常努力才能看起來毫不費勁。

我不想進國家隊，並不代表我今天的成就是從天上掉下來的禮物，我也是有付出過、努力過、犧牲過的。

然而，畢竟羅博特是我的心上人，我也不太會對別人說重話，因此我用稀鬆平常的語氣，像在說今天天氣很好的口吻告訴他：「我覺得隊長只要相信自己，一定可以辦到的。」

「那我們一起努力進國家隊，好嗎？不，應該說，我努力跟著妳的腳步，一起進入國家代表隊，爲國爭光。」

我們？

啊啊啊啊啊，我好掙扎！我不想再游泳了啊！

可是我的男神，他竟然對我提出這樣的邀約，如果進了國家隊，我們就可以一同接受培訓，到時候我不只能和蘿蔔成爲親密戰友，還能擺脫歐時庭這個控制魔王。

這……這也太吸引人了！

好，爲了羅博特，我就勉強拚一次國家隊的資格吧！我想，這與我的計畫應該是不衝突的，我還是可以繼續進行改造計畫，等我和羅博特一起進國家代表隊時，我已經成功瘦身，成爲他的理想型。

完美！

於是，那天社課我特別來勁，一路愉悅游泳，直到結束練習、離開泳池。

歐時庭遞浴巾給我時，見我心情不錯，問道：「妳想通了？」

「什麼？」

「我看妳今天游得很投入，狀況很好。」

「喔。」這人居然看得出我今天特別認真練習，眞不愧是比我爸還了解我的人。「就突然覺得進入國家隊也不錯啊。」

「想通就好。」歐時庭點點頭，隨即語氣一轉：「不過，爲什麼羅博特今天一直找妳說話？」

我不動聲色地觀察他的表情，察覺他似乎有些不悅，所以我避重就輕地回答：「他只是問我一些關於游泳訓練的問題啦，我們都是競泳隊的，這不過是基本的互動，很正常啊。」

「嗯。」歐時庭悶悶地應了一聲。

「不說了，我去盥洗嘍。」我匆匆結束話題。

「嗯，我在外面等妳，等等帶妳去吃鐵板燒。」

「咦？」但是小鈴學姊她們交代我晚上只能吃生菜沙拉……

然而我遲疑兩秒便欣然答應，因爲下週進入集訓期後，飲食就不能再隨心所欲，得吃營養師設計的菜單，若這個時候我拒絕吃鐵板燒，歐時庭一定會認爲我很奇怪。

「好啊，那你等我的時候，順便幫我把這個去霧一下。」我將泳鏡摘下來塞進他手裡，轉身往更衣室走。

「郝逸希。」他突然又叫住我。

我停下腳步，回過身，「幹麼？」

「我不喜歡羅博特老是在妳身邊打轉。」

咦，有嗎？就算有這一回事……歐時庭是在不高興什麼？

我歪頭正想發問，卻看到寶琳學姊遠遠朝我們走來。

「晚餐再說吧，寶琳學姊好像有事找你。」將歐時庭留給寶琳學姊後，我趕緊往更衣室大步走去。

迎新宿營之後，寶琳學姊曾對我提出抱怨，說她那麼盡力地幫我，讓我得以親了下羅博特，結果我不只沒撮合她和歐時庭，還害她被歐時庭罵。

因此，儘管我沒跟寶琳學姊共組聯盟，但看到她和歐時庭同時出現，我就會下意識想離開現場。我不主動推波助瀾，也沒打算阻止她的意圖，念在人家曾經幫過我，我至少留個她與歐時庭獨處的機會。

只是沒想到我給他們留的這機會，直接讓我和歐時庭的鐵板燒晚餐流局了。

盥洗完，我在更衣室外左右看不到歐時庭，滑開手機才發現他留了訊息給我：

「我臨時有事要跟寶琳談，今天先不和妳吃鐵板燒了，改天補妳。」

他居然被寶琳學姊臨時約走了，也不和我說一聲他們去了哪裡！

我一方面覺得慶幸，至少不用再爲了晚餐要吃鐵板燒還是生菜沙拉，而陷入天人交戰；一方面又有種說不上來的古怪感，畢竟歐時庭很少跟人有約，幾乎是一有空就把我抓出去吃飯，如今他突然間被約走，我有點不太習慣。

然而這心情我卻無法與人訴說，若郝蕾知道她的歐巴被寶琳學姊帶出去，只會崩潰而已，對我一點幫助都沒有，所以那天晚餐我只簡單吃了便利商店的生菜沙拉，便早早洗洗睡去。

隔天晨練完，歐時庭送了早餐給我即匆匆去上課，似乎沒打算向我解釋前一晚的事，我也就這麼算了，不過問。

但我的心裡卻是超不平衡。哼，哪天我也要約蘿蔔出去，故意不告訴他！

早上難得空堂，我沒事幹，便習慣性晃到學生會，這個時間只有「紅寶石戰隊」三人顧辦公室。雖然小鈴學姊和瑋瑜學姊並不是學生會的成員，但只要有空，她們一定是黏在寶琳學姊的身邊。

見我走入辦公室，兩位學姊立即起身跑到我的兩側，一人勾著一手，把我往沙發區帶。

小鈴學姊拉著我的右手，笑笑地說：「偶像，妳今天來得眞早，快過來坐，我們剛好聊到妳。」

「對啊，我們跟寶琳說了爲妳量身打造的改造計畫，她說她也要一起幫忙！」瑋瑜學姊搖著我的左手，興奮補充。

咦，眞的嗎？

我看向寶琳學姊，她正溫柔微笑望著我，輕輕點頭。

「我跟妳說喔，寶琳超會化妝和穿搭衣服的，妳把自己交給她就對了！」小鈴學姊把我拉到寶琳學姊的身邊，按著我坐下。「寶琳，妳認爲我們該從哪裡下手？」

聽小鈴學姊這麼一說，我心中一凜，覺得自己好像變成了砧板上待宰的魚，她們正討論著要從哪個部位開始吃我。

寶琳學姊瞧了我半晌，語重心長地說：「唉，羅馬不是一天造成的，突然間大改造也會嚇到很多人，我想，先從小地方著手吧。」她優雅地從包包裡拿出一個小東西遞給我，「好兔，其實妳的膚質很好，但因爲妳沒化妝，便顯得有點蒼白。這支口紅送給妳，我們就從擦口紅入門吧。」

「謝謝學姊。」我受寵若驚，接下寶琳學姊送我的禮物。

「這是什麼？」小鈴學姊突然搶過我手中的麥當勞紙袋，語氣驚恐。

我被她嚇了一跳，訥訥回應：「早、早餐啊……」

瑋瑜學姊倒出紙袋裡的食物，怪叫道：「早餐妳吃漢堡配牛奶？不可以，熱量太高了！」

「咦，早餐不吃這些要吃什麼？」我不解。

「早餐應該要吃這個！」小鈴學姊從一旁的小冰箱裡取出一個保鮮盒，裡頭裝著蔬菜棒和一顆水煮蛋，又從包包裡拿出像是代餐之類的沖泡飲品，「我們都是吃這些。」

我瞪得眼睛都要凸出來了，這、這是人吃的東西嗎？

「可是我昨天晚上只吃了一盒生菜沙拉，我現在肚子餓得可以吃下一頭牛。」而且我才剛結束大量運動，如果只能吃這些不夠塞牙縫的東西，我肯定會餓死。

「好兔，爲了擁有男粉絲，必須忍人所不能忍。」瑋瑜學姊握住我的手，眼神非常堅定，看得出她對於美貌的追求有無與倫比的毅力。

「那我不需要男粉絲了。」我擺擺手，表示投降。

事實上，我也只是希望羅博特能夠喜歡我而已。

寶琳學姊接腔，並且說中了我的心事：「好兔，妳本來就不需要男粉絲，只需要羅博特注視著妳。」

「嗯啊、嗯啊。」我點頭如搗蒜，以爲接下來寶琳學姊會提出讓我好過一點的建議，殊不知她卻是把我往下一層地獄踹去。

「羅博特喜歡的是嬌小纖瘦型的女孩，妳不努力一點是不行的喔。」寶琳學姊嗓音輕柔，甜甜一笑。

沒錯，羅博特喜歡的是像寶琳學姊這樣，嬌小柔弱的女生，但我好大一隻……

「雖然妳沒辦法砍掉重練，但成爲國際名模那款還是有可能性的，重點是，妳得要拿出決心！」小鈴學姊繼續激勵我。

「可是學姊，妳說的那些食物好難準備喔，再加上這個不能吃、那個不能吃的，我都不知道可以吃什麼了。」減肥除了困難之外，還好麻煩喔。

「這就是小鈴和瑋瑜的不對了，怎麼能讓妳去煩惱飲食的問題呢，要是早點跟我說這件事，我肯定替妳安排妥當。」寶琳學姊瞟了瞟一旁的閨蜜們，神色裡頗有怪罪意味。她接著說：「我讓她們幫妳訂代餐包，以後妳吃這個就好。學校食堂也別去了，肉啊、澱粉什麼的也盡量不要吃，如果眞的餓到受不了，頂多吃點蔬果沙拉。」

「這代餐奶昔有很多種不同口味，試試看，妳一定會愛上的。」小鈴學姊興沖沖地介紹起她口中超級好喝的代餐飲品。

「我、我考慮一下……」

「妳回去想一想，値得的。」寶琳學姊溫柔地拍拍我的手，並沒收了我的麥當勞早餐，轉身扔進垃圾桶。

我心淌血啊……

先前學姊們提出的三個建議，對我來說，每一項都難如登天，然而爲了追求愛情，難道我連這一點犧牲都辦不到嗎？

晚上，歐時庭爲了彌補前一天的失約，堅持騎車載我去學校附近吃鐵板燒，我一聞到那個香味，意志力立即潰散。

我哀傷地告訴自己，這是最後一頓豐盛餐點，今晚過後，我就得為我的身材，忍痛放棄美食。

抱著悲壯、視死如歸的心情，我聽到自己的嘴巴不經大腦控制地向服務生點餐：「我要雙份牛肉。」

歐時庭看了我一眼，淡淡地說：「三鮮，再來份蔥蛋。」

師傅快手料理餐點，沒多久，美味佳餚便一一送來我們面前，我立刻開動。

「小兔，妳很餓嗎？」歐時庭看我像餓死鬼一樣拚命掃食，面露憐憫。

「超、餓！」我要把今晚過後的糧食都吃起來保存。

吃著吃著，歐時庭忽地停下筷子，側首注視著我，「妳今天怎麼看起來有些不太一樣……」

「有嗎？」我裝傻。

「嘴唇好紅，像張著血盆大口的妖怪。」他伸手往我唇上一抹，沾了滿手的紅。欸！

歐時庭雙目發直，似乎有那麼一瞬間受到驚嚇，他搓了搓手指，才又疑惑看向我，皺著眉問：「妳塗了口紅？」

「嗯。」我狼吞虎嚥，沒空好好說話。

「沒事幹麼塗著那種化學品吃東西？擦掉。」歐時庭從一旁抽了張衛生紙給我。

我停下咀嚼的動作，回視，看出他眼中的堅持，只好接過衛生紙聽話抹去唇上的口紅。

「不好看嗎？」

「很醜，而且不健康。誰讓妳塗這種東西的？」

「寶琳學姊呀，她說化妝可以讓我變漂亮。」

「妳是個運動員，好好補充營養、專心練泳就好，不要想些有的沒的。」歐時庭又抽了張衛生紙，仔細替我擦去脣上殘餘的口紅，嘴上念著：「亂擦一通，擦也不擦乾淨，妳是小朋友嗎？」

「我只是想要變漂亮嘛……」我委屈回應。

「妳現在這樣就很好了，到底在胡思亂想些什麼。」他罵我。

咕，少女的煩惱，你不懂啦。

那一餐，我吃得好飽好滿足，歐時庭還帶我去夜市買了一大杯珍珠奶茶和一袋甘草芭樂，吃撐了我的肚子。

回到宿舍後，我做了一場告別式，向我的最愛鄭重道別。

拜拜，我親愛的美食，從明天起，我只能跟代餐做朋友。

第六章　學生會長PK游泳隊長

自從開始吃代餐包，我感覺整個人都輕飄飄的，好像也變成仙女一樣。

平常上課還好，反正大部分的時間我都在睡覺，麻煩的是訓練時，我總是有點提不起勁，容易累，還老是覺得餓。不過餓的時候吃點蔬菜水果，似乎又在能夠忍受的範圍內，於是我餓著餓著也就習慣了。

「欸，那種東西能吃嗎？」中午休息時間，郝蕾吃著原本該是我要吃的營養師配餐，嘴上一遍又一遍地嫌棄我的代餐包。

進入集訓期後，競泳隊會有專業的營養師設計菜單，好讓選手們能維持肌肉與脂肪的最佳比例，以提升個人表現，所以這段期間不吃外食很正常。歐時庭不疑有他，我也正好能進行改造計畫，就是代餐包的味道有點難以接受。

「爲了蘿蔔，我可以忍。」我哭喪著臉，一口氣喝光有股怪味的草莓奶昔。

「妳是瘦了不少，但整個人看起來一點活力都沒有，就快要四校聯賽了，妳這樣沒問題嗎？」

「ok啊，我只是吃得少，又不是沒在吃，餓不死的啦！」我打開保鮮盒蓋，叉起比較像食物的蔬菜棒沙拉，慢慢啃食。

這個時候，我眞心覺得自己是一隻兔子，那盒蔬菜棒根本就是給兔子吃的。

「要是被歐巴知道這件事，妳就死定了。」郝蕾恐嚇我。

「妳會幫我保守祕密，對吧？」我朝她眨眨眼，忍不住偷吃了一塊她餐盒裡的迷迭香雞胸肉。

啊，人間美味！

「妳眞的那麼喜歡那個蘿蔔喔？」郝蕾大口咀嚼美味配菜，看得我好生羨慕。

「對啊，我一定要努力成爲他的理想型。」我依依不捨看著被送進郝蕾嘴裡的美食，吞了好幾口口水，意志相當堅定。

「可是妳又不胖。」郝蕾伸手掐了一下我的臀大肌，再掐了下我的腹斜肌，「妳身上根本沒有多餘的贅肉，不像我，隨便一捏都是肥肉，搞不懂妳到底還要減什麼。」

「但我實在太壯了，蘿蔔的理想型是像寶琳學姊那樣的女孩。」

「既然知道他的喜好，那妳幹麼還要勉強自己，妳怎樣都不可能變成薛寶琳啊。」

「我當然不可能成爲她，可是如果能成爲國際名模款的也不錯，好過現在這樣，走到哪裡都被當成男的。」我咬著叉子感嘆。

「唉，施主妳眞是太執迷不悟了。反正我就是覺得哪裡奇怪，那個薛寶琳……我不認爲她會這麼好心幫妳。」她拿起桌上那杯我肖想許久的珍珠奶茶喝了兩口，嚼嚼嚼。

「寶琳學姊人很好，妳不要因爲她跟妳一樣喜歡歐時庭，就懷疑人家別有用心。」我湊過去用力吸了一口——珍奶的茶香味，假裝自己喝過。

「嘖，算了，懶得說妳。總之妳自己的身體要顧好啦，身爲要參加比賽的選手，吃這些東西實在太不營養了，不要做得太過分，否則我眞的無法繼續幫妳保密。」

「我知道，妳就讓我試試看嘛，我已經瘦了三公斤耶！這代餐包眞的很有效，我還想推薦給妳呢。」

「拜託不要，那麼噁心的東西，妳自己留著吃就好。」郝蕾三兩下扒光餐盒裡的米飯，還打了一個飽嗝。

❖

我以為不會有事的。

我以為吃代餐包只是沒有飽足感，但營養什麼的都濃縮在裡頭，因此儘管察覺自己的訓練狀況一直不太好，我也不以為意。

由於我很能忍，其他人，包括總教練都沒看出我的異常。我知道自己游起來比以前費勁很多，卻沒料到情況會變得這麼糟。

四校聯賽的日子到了，我是花大競泳隊的主將，身負摘金的重責大任，總教練讓我包辦了女子五十公尺、一百公尺的自由式和仰式項目，以及女子團體四百公尺混合接力。

以我過去的體能狀態，其實游刃有餘，然而這回比賽，我眞的比得很吃力。

我在個人項目的成績差強人意，遠遠低於自己的紀錄，但仍勉強保住了四面金牌，可賽程第二天，一切都變得不大對勁。

一早起床，我便感到全身像是被人狠揍過一樣，肌肉痠痛程度相較以往嚴重許多，但當天要進行團體接力賽，團體成績採加權計算，會直接影響總冠軍獎落誰家，是非常重要的項目，因此我不敢讓別人發現我的異狀，硬撐著來到比賽場地。

歐時庭第一時間看出了我的狀況不佳，開口就問：「小兔，妳臉色很差，是生病了嗎？」

「不知道，就覺得渾身無力……」

「還好嗎？如果眞的不舒服，不要勉強，讓候補選手代妳出賽。」他俯身摸了摸我的額頭，面露擔憂。

「不行，這樣總成績會掉出估算值外，我們一定要拿到總冠軍。」我堅決搖頭。候補選手和我的秒數相差太多，除非萬不得已，總教練也不會允許換人，絕對不能因爲我個人狀態問題就放棄出賽，影響團體成績。

「眞的沒關係嗎？」

「放心，這只是小比賽而已，一百公尺我還撐得完。」我扯出一抹笑容，拍拍胸脯表示沒問題。

「我很擔心妳，妳最近瘦了好多，是不是訓練量超出身體負荷？」

「若這點訓練量我就受不了，我還有資格說要進國家隊嗎？那邊的訓練強度是現在的幾倍吧。」

這個理由顯然說服了歐時庭，他點點頭，「好，那妳用平常的七分實力游就好，綽綽有餘。」

「我知道。」

結果，我失算了，別說是七分實力，身爲最後一棒、最關鍵的我，竟然在跳下水後，就再也沒有浮上水面了。

我的記憶停留在跳水台上，失去意識前聽到的一句：「好兔，加油。」

我陷入沉沉的黑暗，彷彿又回到夜教潛水那晚，無邊無際的恐懼如同冰冷浪潮，一波一波向我襲來。

好兔、好兔……小兔……郝逸希……

恍惚間，我聽到好多人在呼喚著我，可是我怎麼樣也睜不開眼。

我想著四校聯賽那座超級大的總冠軍獎杯，想著我不能拖累大家，我必須起來、不能睡，然而胸腔卻宛如要炸掉一般，被塞得很滿、很脹，我難受地喘不過氣。

「小兔、小兔，妳不能睡著，趕快醒來……」溫柔的嗓音輕緩響起。

那聲音透過池水，清晰傳入我的耳裡，可我就是醒不過來，意識越發朦朧。

忽地，有一道光束朝我投射過來，我下意識轉向光線的方向，依稀看到一幕景象。

不可思議的景象。

光束裡有一個人影朝我游過來，那人離我越來越近、越來越近，下一刻，我以爲我的面前豎起了一面鏡子，我竟看到了另一個我。

不，那個女人和我不一樣，她有一頭美麗的長髮，游泳的姿態十分流暢自在，若不是她沒有長著魚尾巴，我還眞以爲自己碰見深海裡的美人魚。

「小兔，趕快醒來。」她的笑顏如陽光般燦爛和煦，讓我不再渾身發冷。

「妳是誰？」

「我是媽媽呀。」

「媽媽？」我小時候曾在爸爸書房裡的相簿中，看過媽媽和爸爸的合照，但對媽媽的長相已經沒什麼印象。

眼前的女人眞的很美，雖然我長得和她很像，卻沒有她的優雅氣質。

「小兔加油，快點醒來。」

「媽媽，我不要加油，我不想游泳，我不知道我爲什麼要游泳，每個人都把我當成妳、要我成爲妳。」我不知道自己是不是哭了，但我確實很傷心難受。

「小兔就是小兔，妳要找到自己。妳不想被當成媽媽，又爲什麼要勉強自己變成別人呢？」她輕輕撫過我的臉，指尖像有魔法一樣，爲我注入一陣暖意。

「因爲我不想被取笑、不想再被當成男生。」如果媽媽還在就好了，媽媽一定可以了解我的痛苦和煩惱。

「不要怕被取笑，一定還有很多人喜歡妳、崇拜妳，是那些笑妳的人不懂得妳的好。唉，眞希望我能陪著妳長大，我的小兔是最棒的。」媽媽溫柔卻又哀傷地說。

「媽媽，我不知道該怎麼做才好……」

「妳不必成爲我，更不要成爲別人，妳就是小兔。」

說完，媽媽的身影漸漸模糊，聲音越來越遠，我眼前的光線卻越來越強烈，耳邊充斥著嘈雜聲，胸口很痛，好像有人正用力按壓我的胸腔，感覺五臟六腑都要碎了。

「好兔、好兔！」似乎是羅博特在叫我。

「郝逸希，妳給我醒來！聽到沒，不准睡！」這聲音既霸道又凶巴巴，肯定是歐時庭。

下一瞬，我感受到鼻尖有股溫熱的氣息傳來，周身漸漸不再冰冷，而那霸道的聲音二度響起：「CPR我也會！走開，我來！」

咦，搶什麼？

胸腔又再次被大力按壓，跟著有人扳開我的嘴，一股熱暖的氣息從我脣齒間竄入，窒於胸口的堵塞忽然一鬆——

「咳、咳！」我咳出一大口水，拚命喘氣，終於好受多了。

我緩緩睜眼，眼前掠過好多面孔，歐時庭、羅博特、總教練、郝蕾……我的意識還是很朦朧，空氣中依然充斥著氯氣的氣味，我有點恍然，不知今夕是何夕，想開口說點什麼，卻忽地眼前一黑，再度陷入黑暗。

我緩緩醒轉，發現自己躺在醫院的病床上，戴著氧氣罩。

接著我聽見不遠處，有人在吵架。

「你整天跟在她身邊一起訓練，難道都沒察覺她的狀況不對嗎？」是歐時庭的聲音，聽起來飽含怒意，似乎已迫近發怒的臨界點，若此刻將引信點燃，肯定爆炸。

「她一直表現得很好，狀況哪裡不對？」我可以想像羅博特的表情一定很無辜。

歐時庭是吃到炸藥喔，幹麼凶蘿蔔啦？

我轉轉眼珠子，可惜聲音是從病房外傳來的，房門虛掩著，我什麼都看不到。

「她越來越瘦、越來越沒有活力，你就應該發現她怪怪的。」

「集訓期運動強度大，本來就會變得精瘦。」

「她不是精瘦！她很明顯是營養不良，掉了肌力。是我的疏忽，我沒有天天去游泳池盯她練泳……」歐時庭的語氣聽起來像在自責。

咦，他也會自責？

「那你還敢說我。」羅博特回嘴。

欸，這句話怎麼有點中二？

「我為什麼不能說你？她今天會變這樣，都是因為你！」開始了開始了，歐時庭的火爆脾氣來了。

「又怪我？」

「你是真不知道還假不知道？她眼睛瞎了喜歡上你，才會減肥亂吃代餐，搞得自己營養不良都是他媽的為了你！」

天啊，歐時庭罵羅博特罵得好凶狠，平常他罵我，我覺得已經夠凶了，現在他根本是黑社會啊黑社會。

「她怎麼會去吃代餐包？我們有請營養師配餐啊。」羅博特肯定一臉黑人問號吧，歐時庭很明顯是遷怒於他。

「去問你喜歡的薛寶琳啊！」

哎呀……歐時庭大概什麼都知道了吧。

看來在我出意外之後，歐時庭便馬上展開調查，把關係人、證人全都仔細盤查過一遍，我和學姊們的計畫八成也已在他的掌握中，我看我還是繼續昏迷好了，免得被他扒掉一層皮。

但，這兩個男人接下來的對話，卻讓我嚇得每一根寒毛都醒來了。

「羅博特，我警告你，如果你不喜歡小兔，就不要整天纏著她！」

羅博特像是被逼到絕境，終於受不了地大吼：「我喜不喜歡她、有沒有纏著她，這到底關你什麼事啊？」

「因爲我喜歡她！如果你喜歡的是薛寶琳，就給我滾一點！」

「我不喜歡薛寶琳了，我現在也喜歡好兔，你又能怎樣？」

爭吵聲戛然而止，我的理智也戛然而止。

❖

「好兔，這下妳真的要紅遍大街小巷了。」

我在比賽中昏倒的事鬧得沸沸揚揚，各大媒體都有報導，聽說我昏迷住院的這段期間還有記者蹲點醫院，逼得總教練不得不替我安排單人病房。我都不知道我有這麼備受關注。

「記者們主要是爲了追這則新聞的後續八卦吧。」郝蕾拿出平板電腦，點出這幾日登上熱搜榜，並且二十四小時重播個不停的新聞影片給我看。

那是主辦單位網路直播賽事的影片，在我出事後被新聞台剪輯成報導，點閱率意外突破新高。

影片裡，歐時庭站在泳池邊驚慌大叫，身子前傾，似乎是打算跳下去救我，這一幕嚇得我心臟差點停止。

「歐時庭居然想跳下水？他懼水耶，有沒有搞錯？」

「他心急得失去理智啊，妳沒看總教馬上拉住他。」

我專注盯著畫面，看見總教練趕來阻止歐時庭衝動跳水，下一秒，羅博特登場，他超級帥氣地助跑跳入水中，潛進水裡，不一會兒便將我救上岸。隨後畫面一轉，就見歐時庭和羅博特兩個人邊爭吵邊搶著幫我做CPR。

一開始是由羅博特實施心肺復甦術，但我看上去一臉痛苦，之後歐時庭一把將他推開，這部分和我的記憶相吻合，我當時的確是聽到歐時庭霸氣全開地表示他來做CPR，只是我不確定最後幫我做口對口人工呼吸的人，到底是誰。

現在有圖有眞相，我的初吻，被歐時庭給奪走了！

本來人家可以讓蘿蔔人工呼吸的，討厭！

「嘖嘖嘖，這畫面根本是偶像劇橋段，不知迷死多少螢幕前的青春少女，三個帥成一團的人，怎麼看都腐腐的。」一旁的郝蕾完全放錯重點，她反覆重播這段影片，每看一次尖叫一次。

「腐妳的頭，我是女的耶！」

「喔，好啦。」她眼也沒抬，盯著平板電腦的螢幕，「喔喔喔，歐巴最帥了！妳看看他那個擔心的小表情，看得我心都要碎了！齁，眞被妳賺到了，妳『好意西』嗎？」

「郝蕾妳眞的好雷，說話可以不要這麼噁心嗎，我要吐了。」

「兩大天菜齊聚一堂，搶著幫妳做人工呼吸耶，怪不得妳瞬間爆紅。記者連妳祖宗十八代都挖出來報導了，還封妳爲幾十年難得一見的游泳天才少女，最有可能在奧運奪牌的熱門人選。」郝蕾說著說著，就說到另一個話題去了。

「莫名其妙，我連國家隊都還沒進去，哪來的資格角逐奧運奪牌人選？」

「哎呀，這樣才有話題性啊，不只是妳，網路鄉民也肉搜出蘿蔔的身家，我的媽呀，他竟然是富二代，出入都是開瑪莎拉蒂耶！」

我知道啊，我坐過，就車頭有個叉子標誌的跑車……喔，蘿蔔說那是海神的三叉戟，不是叉子，我老是忘記。

「欸，歐巴充滿王者的霸氣，蘿蔔則高富帥，兩個都是優質男人，怎麼辦，妳『好意西』要選誰才好？」

「什麼要選誰啦，郝蕾妳可以不要再雷我了嗎？」我白眼上翻，實在受不了她。

「原本我覺得歐巴沒有對手，但現在看蘿蔔也很不錯，雖然個性娘炮了一點，不過很溫柔的感覺。」

「行行行，全數納入後宮。」我擺擺手，學宮鬥劇裡的娘娘說話。

我們邊看重複播放的影片邊聊天，忽地，敲門聲響起，郝蕾起身應門，就見寶琳學姊右手抱著一束香水百合、左手提著水果籃，站在病房外。

只有她一個人。

我有點意外，原以為三位學姊會一起來探望我，平時她們總是形影不離的。

寶琳學姊朝我走近，在我床邊的椅子坐下，一開口便道歉：「好兔，對不起，都是我不好。」

「噯，學姊幹麼向我道歉？」我嚇壞，看了郝蕾一眼，她也面露疑惑對我聳聳肩。

「歐時庭怪我介紹妳吃代餐包，害妳營養不良。」說著說著，她居然哭了起來。

「但這並不是學姊的錯啊，是我想瘦身，妳只是熱心幫我，怎麼可以反過來怪妳？」

我一看到別人哭，就不曉得該怎麼辦，尤其是漂亮的女生一哭，更是讓我手足無措。

「好兔，眞的很對不起……我沒想到這件事會這麼嚴重，他們說妳差點因此體力不支地在比賽中溺死，嚇得我在家裡哭了好久。都是我的錯，我沒有考慮到妳和我們不一樣，妳是個運動員，必須保持體能，我不該推薦代餐包給妳的，眞的很對不起……」

寶琳學姊哭得傷心，我看了很不忍心。

「學姊，我沒有怪妳，這眞的不關妳的事，歐時庭這樣對妳眞是太過分了！回頭我一定跟他抗議。」

「不，發生這種事情，他責怪我也是情有可原，一切全是我咎由自取。」寶琳學姊拉著我的手，邊哭邊說。

除了電視劇之外，我第一次看到有人哭得一把鼻涕一把眼淚還能這麼美，眞眞是完美詮釋了那詩句：梨花一枝春帶雨。

「學姊，妳別往心裡去……」瞧她自責的模樣，眞教人不捨，「不行不行，我一定要幫妳澄清，這起意外絕對不是妳害的！」

寶琳學姊是好意幫我，若為此蒙受不白之冤，我內心委實過意不去。沒錯，我得和歐時庭說清楚這件事的緣由，免得話越傳越難聽。

寶琳學姊的心情稍稍平復後，沒待多久，就要我好好休息，說她有空會再來看我。

「學姊，妳放心去忙，這裡有郝蕾陪我，沒事的。」

「那我先走嘍，拜拜。」

我看著她離去的背影，心裡很是感嘆，像仙女一樣溫柔美麗又暖心的寶琳學姊，是我這輩子再怎麼努力也無法達到的境界。

這麼好的一個女孩，歐時庭怎麼狠得下心怪罪她，眞的很過分。

「欸，她就這樣走了喔？快閃耶。」郝蕾的語氣卻有些不以爲然。

「妳不要這樣，學姊很忙的，她能抽空過來探望我，我已經很感動了。」

「郝逸希，妳把這世界看得還眞是美好啊，我就不這麼認爲。我覺得歐巴罵她罵得沒錯啊，妳會搞成這樣，她多少也要負點責任，所以她本來就應該來探望妳，這有什麼好感動的。」

「齁，反正她是妳的情敵，天生就不對盤，她做什麼妳都不順眼。」我還是堅持幫寶琳學姊說話。

「算了，不戳破妳的美好世界。」郝蕾像是恨鐵不成鋼似的對我搖搖頭，接著摸摸她圓滾滾的肚皮，「剛好我肚子餓了，看看薛寶琳帶了些什麼水果來。」

她走到桌子旁，拆開水果籃挑挑揀揀，從裡頭抓了一顆大蘋果，隨便在衣服上擦了擦，便盤腿坐在旁邊的沙發椅上啃蘋果。

郝蕾一口咬下蘋果，發出一聲脆響，她忍不住讚嘆：「唷，還是高級貨。」

「就跟妳說了學姊人很好，這種水果籃不便宜耶。」之前爲了買貴森森的代餐包，我已預支了整個學期的零用錢，現在窮困得很，看到如此高級的水果，心裡那個激動，我想郝蕾是不會懂的。

「她哪來這麼多錢買高檔水果？」郝蕾伸手轉了轉桌上那綁著緞帶蝴蝶結的水果籃，

歪頭研究起來。

「喂，我是病人耶，也不切一顆蘋果給我吃。」

「嘖。」郝蕾啐了聲，張口就從蘋果上咬下一片果肉，遞給我，「沒有刀子，妳將就將就。」

「妳好噁心，我才不要將就。」我嫌惡地一掌往她的手臂打去。

郝蕾正打算還擊，原本看著我的視線卻忽然朝門口平移了幾公分，眼神綻放光彩，我不用回頭看，也知道她接下來要說的話一定是——

「歐巴！」

果然。

下一秒，郝蕾已瞬間移動到門口，恭迎聖駕。

「妳什麼時候醒的？」歐時庭問我，同時將手裡的提袋擱在移動餐桌上，「感覺好點沒？」

「是我來的時候把她吵醒的。」郝蕾替我回答，邊嚼著蘋果邊說：「她好得很，已經有力氣打我了。」

歐時庭點點頭，「有胃口嗎？我帶了紅豆湯圓給妳。」他將移動餐桌拉到我身前，替我打開蓋子，碗裡的紅豆湯還冒著熱氣。

「謝謝。」我舀了一口湯圓，還沒吃進嘴裡，就見歐時庭拉了一張折疊椅坐到我身邊，蹺腳擺好架式。

「那個……歐巴，我還有課就先走了，你們慢慢聊，再見！」說完，郝蕾腳底抹油般地溜了。

郝蕾肯定也看出歐時庭這是打算說教，沒義氣的傢伙，竟然丟下我開溜！病房門一闔上，氣氛變得凝重，我頓時感覺碗裡的湯圓不怎麼美味了，彷彿一簇簇掉在污水裡的衛生紙團。

我懊悔自己爲什麼要這麼早醒來，同時煩惱著該怎麼假裝自己不知道歐時庭的心意呢？

我暗暗覷了歐時庭一眼，結果當場被他捕獲，想來他的目光自坐下之後就牢牢鎖在我身上，我趕緊別開眼，可是尷尬已然形成，必須有人說些什麼好打破僵局。

「那個……」問比賽的事好了，這話題比較安全。「總冠軍是不是變成別人的了？大家一定都在怪我吧。」

「郝逸希，妳覺得我們會在意那個總冠軍嗎？妳差點把大家嚇死了。」歐時庭的口氣相當嚴肅，語尾卻又帶著似是擔憂的微顫，害我的心也跟著發抖。

「對、對不起。」我習慣性道歉，希望能先消消他的怒氣，讓他少碎念一些。

然而今天這招卻沒有用。

「爲什麼要去吃那種東西？身爲選手，妳難道不知道飲食對於一個運動員的重要性？」

來了來了，歐時庭的碎碎念神功開始了。

「我知道，可是我營養太好，才會長得這麼大一隻，被大家嘲笑我是男生……我自卑。」我垂下頭，「寶琳學姊是好心幫我，她知道我很想變瘦，但飲食方面不好控制，所以才建議我吃代餐包。」

「妳長這麼大隻也不是一天兩天的事，爲什麼突然想要減肥？好好的減什麼肥？」歐時庭講話毫不修飾，直接順著我的話說，又從我屁股捅了一刀下去。

「齁，你不懂啦！雖然我不是羅博特的理想型，但我是女生，我也想要美美的出現在他面前啊。」我委屈極了，低著頭，兩手指頭交錯繞圈圈。

「郝逸希，妳是不是腦袋有洞？妳不想游泳、胡亂減肥，居然是爲了這些一點都不重要的小事？就是因爲妳太在意別人的眼光，才會被薛寶琳逮到機會推銷代餐包！」歐時庭眞的發火了。

被他這麼一罵，我忽然想起要替寶琳學姊澄清的事，於是發難道：「你對我生氣就算了，爲什麼要罵寶琳學姊？」

「我爲什麼不罵她？她自己在賣代餐包，應該清楚什麼人可以吃、什麼人不能吃，她這樣會害死妳！」

「就算寶琳學姊在賣代餐包，那也是因爲我需要，她才會推薦給我啊！她從沒想過要害我，你這麼說太過分了！寶琳學姊那麼喜歡你，可你卻誤會她的好意，都沒想過人家會傷心嗎？」我大概腦袋進水，神志不清，竟又朝歐時庭大吼大叫。

他訝然睜大眼，半晌沒說話。

過了好久好久，歐時庭才開口，嗓音透著冷意：「郝逸希，我真想剖開妳的腦袋，看看妳的腦迴路到底是怎樣的構造。妳知道寶琳喜歡我，我罵她、她會傷心，那妳為了羅博特搞壞自己的身體，妳就沒想過我也會傷心嗎？」

他的話讓我心跳漏了一拍。

我、我……

我還沒來得及說些什麼，歐時庭直接投下一顆震撼彈。

「我覺得妳現在這樣很好，不需要為了誰而改變自己本來的樣子，別人取笑妳、不喜歡妳那又怎樣，我就喜歡這樣的妳！」

「可是，你是我哥哥啊，你喜歡我原來的模樣，是因為你從小和我一起長大，認為我這樣沒什麼不好，但其他人不是。」我直覺回應。

歐時庭雙頰泛紅，一雙眼直盯著我，眼眶盛水，看上去竟十分漂亮。他有些遲滯地，一字一字緩緩問：「妳覺得我只是哥哥？」

我用力點頭。

「哥哥的喜歡就不能算是喜歡？」

「不一樣。哥哥是無論我是什麼樣子，都會喜歡，別人搶不走哥哥，對吧？可是愛情裡的喜歡，卻是別人隨時可以搶走的。」

歐時庭眼底閃過一抹憂傷卻了然之色，「妳還是喜歡羅博特？」

欸，怎麼忽然這樣問我。

「呃，對……」我看著歐時庭的眼睛，回答得拖泥帶水，一點都不斬釘截鐵了。

「如果羅博特喜歡妳，難道妳就不怕他的喜歡有一天會被誰搶走？」

「怕啊，所以我才必須要努力變成他的理想型。」

「小兔，妳眞的是……笨死了！」歐時庭皺緊眉頭，用力罵我。

我知道我笨，但從小到大，我在這以貌取人的世界裡遭受過太多的挫折，我希望自己能夠變成別人眼裡，那種女生該有的樣子。

「妳有沒有可能，不把我當成哥哥？」歐時庭輕輕握起我的手，側頭看我，那個眼神、那個表情，有點帥。

可是我腦袋裡一團漿糊，一時半刻給不了答案。

歐時庭也沒期待我馬上回答，他嘆了一口氣，妥協道：「好吧，我理解妳一時之間無法消化這些資訊，所以我允許妳多花一點時間，好好想一想。」

好的，我的確花了很多時間思索這件事。

下午大家都去上課，我一個人躺在病床上，腦海裡迴盪著的，都是歐時庭的那句話，搞得我心思紊亂，胡思亂想起來。

「別人取笑妳、不喜歡妳那又怎樣，我就喜歡這樣的妳！」

歐時庭這算是對我告白吧？

告白，代表他對我是男女之間的喜歡，可是我從小就把歐時庭當作哥哥，有事找他沒事也找他、開心找他難過也找他，從沒想過我們的感情有一天會走向愛情。

人在愛情裡會變得自私，變得愛計較，如果他喜歡我，我也喜歡他，那我們會變成怎樣？

我可能會開始擔心他長得這麼好看，會不會被別人搶走；他和別的女生走得太近，我會吃醋；會爲了他生我的氣、罵我，而感到難過……我會有很多很多女生的小心思，那些心思可能會惹惱他，繼而破壞我們現有的平衡。

會不會最終就像郝蕾說的，撕破了臉，連朋友都當不成，就像我的叔叔和嬸嬸，由愛生恨，愛人變成仇人。

我想，我懂郝蕾的心情了。由於不想破壞他在自己心目中美好的樣子，因此寧願把他當偶像崇拜，遠遠喜歡著。

所以，我怎麼可能不把他當哥哥呢，只有當他永遠是我的哥哥，我們的感情才會一直這麼好，無論未來他身邊換過多少女生，都搶不走我在他心中的地位。

❖

一個禮拜後，我順利出院，重新回歸泳隊。

我十分內疚，準備了一大篇道歉文，最後再次說：「對不起……因爲我個人的關係，影響了團隊的榮譽，讓大家失去了奪得總冠軍的機會，我眞的很抱歉……」說著說著，我就哭了。

總教練罵了我一頓，卻不是爲丟了總冠軍一事，而是怪我沒有顧好自己的身體。隊員們也沒有人責備我，反倒是那些欺負過我的臭男生向我道歉。

「郝逸希，對不起，我們不會再取笑妳的身材了。其實妳也只是比一般女生大隻一點，還是長得很可愛，沒有到像男生的程度啦，我們只是開玩笑，眞的。」最常欺負我的大二學長甚至當眾致歉。

「對啊，妳那天眞是嚇死人了，我們還以爲妳是跳水自殺。」平常最白目的楊偉成說話還是一樣不經大腦。

「你北七喔！」大三學長毫不客氣，直接從他的頭上巴下去，「我們好兔是『泳界新垣結衣』耶，誰會因爲你們這些幼稚行爲而跳水自殺。」

「運動員的身材當然不可能跟一般女生一樣纖弱，以後都不准嘲笑隊上的女生，我們還得靠她們拿下無數獎牌呢。」身爲隊長的羅博特走到我身邊，對我微微一笑，做出總結：「雖然我們四校聯賽沒能拿到總冠軍，但重點在明年的全大運，大家繼續加油！」

我回到隊伍裡，和我一樣大一、先前誤以爲我是T的「牛花」，挨到我身邊，小聲問道：「聽說薛寶琳在做直銷，才會賣代餐包給妳。但那個牌子很貴耶，妳怎麼買得下去啊？」

「牙一咬、眼一閉，把戶頭裡一整個學期的生活費領出來，也就買下去了。」

「那剩下的代餐包呢？要不然妳轉賣給我吧，我也覺得自己過胖，想減重。」牛花兩手指頭打轉，說得極小聲，卻還是被她隔壁的好朋友「羊草」聽到了。

「妳想死喔，好兔就是吃了那些不營養的東西，才會躺在醫院一個禮拜，妳還敢想著要吃那個代餐包。」羊草警告牛花。

「對啊，況且剩下的代餐包我已經退貨，妳就算跟我要也沒了。」我攤手。

事發之後，歐時庭就讓郝蕾把我櫃子裡所有的「貨」還給寶琳學姊，並讓寶琳學姊將錢全數退還給我。

他爲了這件事很氣寶琳學姊，幾天不跟她說話，寶琳學姊似乎因此受到打擊，聽說最近幾次社課都沒見她出現在游泳池。

到此，代餐包事件算是落幕了。

精神訓話結束後，隊員各自散開練泳。

羅博特朝我走來，「好兔，我有話跟妳說。」他指了指隊務辦公室的方向，要我過去。

我跟著他走進辦公室，羅博特見裡頭沒人，才問我：「聖誕節妳有約了嗎？」

咦？

在醫院躺了一個禮拜，日子都過得不知道今夕是何夕，經他這一提醒，我才驚覺原來下個禮拜五便是聖誕節了。

「沒、沒有。」我莫名緊張。

「那我們一起參加聖誕舞會吧，妳願意當我的舞伴嗎？」羅博特嘴角揚起一個好看的弧度，冰藍色的眼珠子黝深成靛青色，看得我有些頭暈目眩。

花梨大學是一所歷史悠久的學校，早年由一群傳教士辦學，由於受到西方文化的影響，每年聖誕節，學校都會盛大舉辦舞會，也因爲會場上燈光美、氣氛佳，堪稱全校師生最期待的聯誼盛會，更是最佳求婚場合，促成的佳偶難以計數。

但，會結伴參加聖誕舞會的人，不是情侶就是即將成爲情侶，羅博特忽然開口邀請我當他的舞伴，這讓我感到很不眞實。

「隊長，你……爲什麼約我？你不是喜歡寶琳學姊嗎？」

他搖搖頭，「這陣子我和妳一起練泳，突然覺得若能和妳成爲更親密的關係也不錯。我們有共同的目標與興趣，可以一起努力、一起切磋、一起分享生活點滴，就像妳的爸爸媽媽一樣，這種日子很令人嚮往。」

像我的爸爸媽媽一樣？

我還愣著，就聽他說：「好兔，我喜歡妳。」

猝不及防地，我又被人告白了。

第七章　妳就是妳自己最好的樣子

週末的早晨，我被歐時庭的來電吵醒，睡眼惺忪下了樓，迎面而來的熱烈擁抱，讓我立刻清醒。

「哎喲我的小兔兔啊！妳是要嚇死歐媽嗎？怎麼會瘦成這個樣子……我可憐的小寶貝！」歐媽用破百分貝的嗓門說著，同時更用力地抱緊我。

正面迎上歐媽特有的熱情攻勢，若沒醒我就是死了。

「媽，快鬆手，妳這樣抱小兔，她才要被妳勒死了。」歐時庭心急地阻止自家媽媽。

嗯嗯嗯！

我被歐媽使勁勒住頸子，動彈不得、呼吸困難，只得拚命點頭。

歐媽總算放開我，卻轉身抨擊歐時庭：「都是你！郝爸讓你好好照顧小兔，你照顧到讓她昏倒在游泳池裡，你還是人嗎？」

幾個月不見，歐媽一貫的戲劇化作風依然不變，見她撕心裂肺吼著歐時庭的樣子，我有種正在看瓊瑤劇的既視感。

「老婆，妳別一大早就在人家宿舍裡大呼小叫，會嚇到人的。」歐爸拉過歐媽，制止她的歇斯底里，回頭跟我解釋：「小兔啊，對不起現在才來探望妳。妳別怪妳歐媽大驚小怪，接到消息的那一刻，她嚇得差點心臟病發，偏偏我們又剛好跟著妳爸爸帶學生出國比賽，一時半會兒趕不回來，還好後來時庭說妳沒事，我們這才稍稍放心。好不容易昨晚回國，一下飛機，我們就連夜開車趕來了。」

「對不起，讓你們擔心了。」我低頭，覺得內疚。

「郝自由，過來看看小兔啊。」歐媽對著坐在交誼廳沙發上的爸爸招招手。

我偷覷了覷，打從我下樓就見他面無表情坐在那，頭上好似頂著朵烏雲，黑沉沉的，原本就嚴肅的臉龐，此刻更是一點暖度都沒有。他甚至沒抬頭看我一眼，也沒露出一點心疼模樣，肯定是氣壞了。

雖然知道是自己不應該，可我心裡仍是希望爸爸能夠先關心關心我，再狠狠地朝我發脾氣，而不是像現在這樣一言不發，看起來怪可怕的。

想起小時候逃賽那回，我被人找到、送回家時，他也是冷著一張臉，半晌不說話，等他終於有了動作，便是直接把我抓過去狠狠揍了一頓，我永遠都記得那個畫面。

我哭著向爸爸求饒，說我再也不敢了，當時的我，其實期盼著他開口問我一句：小兔，為什麼？

我會跟爸爸解釋自己的動機，期望他能了解我的傷心、痛苦以及害怕，然而他從沒問過我，只在他的情緒稍緩之後，對我說：「小兔，爸爸只剩下妳了，不要讓爸爸失望。」然後幫我把被打腫的地方抹上涼涼的藥膏。

我知道爸爸愛我，但他從來不說。

我知道爸爸後悔打我，但他從來不道歉。

等年紀再大一點，當我又惹怒他時，我便會跑去找歐爸歐媽求援。他們會讓我先向爸爸道歉，若爸爸仍想修理我或是罵我，他們就會幫腔，當一個居中協調者，最後再由歐時庭以哥哥的身分罵我一頓，達到愛與教導的平衡。

一直以來，我們的相處模式就是這樣。

我有些侷促，回頭看了歐時庭一眼，他立刻上前一步，牽起我的手，將我帶到爸爸面前。

我側頭看了看被他牽著的手，就像小時候一樣，一切是那麼地自然而然。

「郝爸，我已經罵過小兔，她知道錯了，您就原諒她吧。」

爸爸緩緩抬眸，看了我好半晌，終於開口：「坐。」

「是。」儘管我早已長大，但每當他那凌厲的眼神往我這一瞟，我還是會忍不住發抖。

爸爸看著我，幾次欲言又止。大冬天的，我卻緊張到流了滿身汗，仍被歐時庭牢牢牽住的手，宛如我唯一的能量來源，倘若他放開手，我應該會馬上昏倒。

「小兔，爸爸想通了，如果妳真的不想游泳，我……我不會再勉強妳，只要妳快樂就好。」

這話讓我一愣。

我完全沒想到爸爸開口不是痛罵我、質問我，而是、而是……

「爸爸！嗚哇——」內心湧上一股既委屈又感動的複雜情緒，我頓時大哭起來。

歐媽最見不得我哭，我一哭她就心疼，立即衝上來指責爸爸：「郝自由，你不要三兩句就罵哭你女兒好嗎！說好的好好說話呢？」歐媽說完就要抱我入懷，卻被歐時庭一把阻止。

「沒事沒事。」他放開我的手，拉著自己的爸媽往外走，「讓小兔跟郝爸好好聊，車鑰匙給我，我載你們到附近逛逛，順便買早餐。」

待歐時庭一家離開交誼廳，爸爸這才又緩緩開口：「小兔，我不知道原來游泳讓妳這麼痛苦，爸爸……跟妳道歉，對不起。」

從、從來不道歉的爸爸，居然道歉了。

我這輩子沒想過他會對我說出「對不起」三個字，這件事對他而言，或許只比死容易一點而已。

可是，爸爸爲什麼會突然向我道歉？

我腦中靈光一閃，肯定是歐時庭把我的祕密告訴爸爸了。

他怎麼可以這樣！明明說好要替我保守祕密的！

思緒亂成一團，我不知道該說些什麼，只能低首，雙手不停絞著手指頭。

然而此刻似乎也不需要我說話，爸爸像是陷入自己的回憶，滔滔不絕地說起往事。從我有記憶以來，這大概是他和我說最多話的一次，我彷彿不認識眼前這個剛俊嚴肅的中年男子，他和我記憶裡的爸爸，形象相差甚遠。

「其實當年韻華懷妳的時候，我們只希望妳能無憂無慮、健康快樂的長大，妳有妳自己的人生及夢想。可是……妳媽媽走了，我的世界一夕崩塌，我忘記我對韻華的承諾，一心只想讓妳和她一樣，做一個水裡的美人魚，卻從沒問過妳喜不喜歡。直到妳出意外那天，小歐跟我在電話裡聊了很久，我才知道，原來妳一直都不想游泳。」

提起媽媽，我止住的淚水又撲簌簌地落下。

我的媽媽楊韻華，因爲產後大出血而過世，我只能從爸爸珍藏的相簿、新聞剪報、別人口中的往事，以及爸爸的思念裡，認識她。

忽然間，我想起昏迷時夢見的媽媽，我相信那眞的是她，當時她告訴我的每一句話，我都還記得。

「小兔，妳要找到自己。」

「妳不必成爲我，更不要成爲別人，妳就是小兔。」

可是我該如何找到自己？一直以來，我就是爸爸複製媽媽的存在，眞正的我，又是什麼樣子呢？

「爸爸不逼妳了。」他的眼神不再凌厲，取而代之的是帶點傷懷的感慨，似有水光在他的眼裡閃動著。

爸爸對我感到很失望吧。

我不是眞的不想游泳，而是每當我很累、很迷惘的時候，爸爸從來不曾關切過我；當我因游泳而變得寂寞，還要被嘲笑身材的時候，我覺得我的犧牲換來的都是難過，我不知道我爲什麼要游泳。

「爸爸，其實你只要問我一句『爲什麼』就好了，爲什麼哭、爲什麼生氣、爲什麼沮喪，爲什麼不練習、爲什麼不比賽、爲什麼不想游泳？我想要的，不過是你的關心。」我放聲大哭，終於說出心中壓抑多年的眞心話。

好半晌，我們之間只充斥著我的哭泣聲，直到我哭累了才緩下情緒。

爸爸握住我的手，輕聲說：「爸爸其實一直都很關心妳，只是我……不太會表達。」他將揣在懷裡的一本大相簿交給我，「儘管覺得很可惜，但爸爸會尊重妳的選擇，這本……留給妳做紀念。」

我翻開一看，相簿裡全是我從小到大的游泳軌跡，原來爸爸都有默默關注我，一點一滴小心收藏。我闔上相簿，牢牢捧在手裡，低頭不語，淚水將布面相簿的封面染上一圈一圈的水漬。

後來，爸爸告訴我很多有關於媽媽的事，那些他過去不願意碰觸的傷心往事。

他說著他怎麼認識媽媽、怎麼打敗徐俊贏得媽媽的美人心，他和媽媽怎麼談戀愛、怎麼一起追求共同的夢想與目標，到最後，他又是怎麼傷心地送媽媽離開這個世界。

「韻華沒有妳的天分，先天條件也沒有妳好，可是她非常努力往參加奧運的這個夢想邁進，可惜在我們的國手生涯中，她沒有成功取得過奧運參賽資格，因此她始終抱有遺憾。雖然對妳放棄游泳一事感到惋惜，但如果妳能找到自己的夢想，也不是非得要游泳不可。」爸爸低頭，深吸一口氣，再抬頭時，臉上的線條柔和許多。

他微笑地拍拍我，就像我每次破了紀錄時，他會有的表情。

歐時庭眞會掐時間，我和爸爸才剛聊完，他和歐爸歐媽就帶著早餐回來了。

大家一起吃完早餐後，三老便相偕去遊玩，只剩我和歐時庭兩人在交誼廳面對面坐著。

「妳手上那是什麼？」他指著我手裡的相簿問。

「我從小到大的游泳比賽紀錄。」

他拿過相簿，一頁一頁翻著，一頁一頁回首過去。

歐時庭把我的輝煌留影都翻過一遍後，他靜靜闔上相簿，交還給我。「老天爺賜給妳這樣的天賦，肯定有什麼用意，妳捨得放棄？」

「我不知道……」

「小兔，放棄很簡單，隨時都可以，但千萬不要因爲別人，而選擇放棄眞正的自己。」

❖

我站在衣櫃前發呆了半個小時，仍是一件衣服也挑不出來。

自從那次我在泳賽昏倒後，小鈴學姊和瑋瑜學姊大概自覺闖了禍，竟然就地神隱，好一陣子都沒見到人，於是我的改造計畫直接胎死腹中，我又被打回原形。

今晚的聖誕舞會是我和羅博特第一次約會，我總不能穿著成套的運動服去吧。

「唉……」我走到旁邊拉開郝蕾的衣櫃，隨便拿了幾件洋裝在身前比了比，每一件都寬度過寬、長度過短，我根本沒法穿。

「妳現在才煩惱沒衣服穿，會不會太早了一點。」郝蕾刻意加重了「早」這個字的發音。她在頭上綁了一個超大的粉紅色蝴蝶結，穿著蓬蓬裙洋裝，雖然看起來還是圓滾滾的，卻特別可愛。

果然有打扮有差。

「齁，怎麼辦啦，如果我穿運動服和蘿蔔去參加舞會，他一定會被大家取笑。」

「有什麼好笑的，妳本來就是這樣的穿著打扮啊，換做是歐巴，他才不會怕被笑。」

郝蕾知道歐時庭和羅博特都向我告白之後，非但沒有把我當成情敵仇視，反而認真選站歐兔CP這一邊，說是與其讓別的女生搶走歐時庭，不如交給我，還說她覺得羅博特整天油腔滑調的，沒有歐時庭靠譜，搞不好他不是真心喜歡我。

因此，對於我要成爲羅博特舞伴的這件事，郝蕾完全不想幫忙，以致於我拖拖拉拉到這一刻還找不到像樣的衣服穿。

「我看，除非有《仙杜瑞拉》裡的神仙教母來幫忙，不然妳就面對現實吧，哈！」郝蕾幸災樂禍。

她話才剛說完，房門便「叩叩」響了兩聲，我打開門一看，門外竟站著神隱多日的兩位學姊。

「噠啦！」學姊們對我燦笑，揚了揚手上的東西。

就見小鈴學姊抱了兩個盒子，瑋瑜學姊拎著兩個大袋子，她們興沖沖地把我推擠進房，嘴裡嚷著：「快快快，我們來幫妳變身！」

「我的天啊，眞的有神仙教母來了。」郝蕾好奇湊上前，「請問妳們是聽到好兔心裡的呼喚才趕來的嗎？」

「不，我們是受羅博特隊長的委託而來，他特別幫好兔準備了這些東西，晚一點他還會親自開跑車來接妳去舞會，Oh、My、God！這根本是《麻雀變鳳凰》的劇情嘛！」小鈴學姊用美劇裡金髮妞看到名牌包包時的誇張口吻，興奮又羨慕地大嚷。

「知名設計師設計的高級晚禮服，全套搭配好的首飾、鞋子以及晚宴包，今晚我們一定讓好兔跌破眾人的眼鏡！」

瑋瑜學姊將她們帶來的玩意兒全攤放在沙發上，再把我壓到書桌前替我上妝，過程中，郝蕾一直嘰嘰喳喳問個不停。

「欸，最近怎麼很少看到妳們跟在薛寶琳身邊啊？」

「別說了，我們拆夥啦。」小鈴學姊邊往我臉上抹東西，邊無奈道。

「嗄？妳們不是連體嬰嗎，怎麼會拆夥？」郝蕾的反應超浮誇，擺明是要套八卦。

學姊們也許憋了很久，想一吐苦水吧，便滔滔不絕說了起來。

「代餐包明明就是寶琳賣給好兔的，出了事，她卻想撇清關係，甚至要我和瑋瑜背黑鍋，硬說是我建議好兔減肥、將產品介紹給好兔，她只是順水推舟供貨而已。後來是歐時庭逼問寶琳，她才承認吃代餐包是她的主意，因爲她想要替自己拉業績。」小鈴學姊憤恨不平地說。

「怎麼這麼心機婊啊，連自己的閨蜜都捅刀。」郝蕾驚呼。

「最扯的是，歐時庭知道之後，不是氣得讓妳把剩下的代餐包都拿去跟寶琳退錢嗎？」

「是啊，怎麼了？」郝蕾點點頭。

我忍不住好奇地拉長兔耳朵聽。當時我仍在住院，許多事都是聽別人轉述得知的，這一段我沒聽人說過，難道還有什麼其他內幕？

瑋瑜學姊搶先開口：「結果她跟歐時庭哭窮，一毛錢都沒退還。」

咦，那我拿到的退貨款是從哪來的？

我和郝蕾互看一眼，只見她眼珠子轉了轉，立刻露出了然的表情，「是歐巴自己掏腰包出的錢！」

知道眞相，我頓時湧上一股莫名的情緒將內心塞得滿滿的，好像有什麼東西快要滿溢了出來。

歐時庭幹麼不跟我說呢，回頭我得把錢還給他。

沒想到，寶琳學姊的事蹟還沒完，小鈴學姊繼續爆料：「還有，迎新夜教讓好兔當水鬼是寶琳的主意，活動當晚落水也是她自導自演，所有的事都是由她一手策畫的。」

什麼！

我聽得是一驚一咋，不敢相信我心中善良溫柔美麗的神仙姊姊薛寶琳，居然從一開始就處處算計我！

「可是她爲什麼要這麼做？我們家好兔這麼傻白壯，也不甜，她陷害好兔有什麼好處？」

傻白壯……郝蕾問問題還不忘揶揄我，眞的好雷。

「其實寶琳從大一就很喜歡歐時庭，但無論她怎麼努力倒追，歐時庭都對她無感。後來她才知道歐時庭心裡早就有喜歡的人了，那個人就是妳，好兔。所以妳一入學，她便急著去學游泳，想辦法接近妳，然後用盡各種手段欺負妳，因爲她討厭妳，更嫉妒妳。」

「寶琳學姊討厭我、嫉妒我？」我超訝異，全然沒察覺她對我存有這樣的心思。

寶琳學姊一直都對我很好，我也只覺得自己這陣子倒楣了點，沒想到其中竟有人爲因素的存在。

「嗯，歐時庭跟寶琳說他會這麼喜歡妳，是因爲妳游泳的樣子很迷人，寶琳不甘心，於是千方百計和妳打好關係，在得知妳心裡的弱點後，便順水推舟讓妳離泳池越來越遠。」小鈴學姊繼續說出駭人內幕。

這些事讓我嚇到吃腳腳，我完全驚呆了！

「那妳們還幫她，根本是幫兇！」郝蕾指責學姊們。

「我們之前的確是被她利用了，實在很對不起。可是好兔，我們是眞的把妳當成偶像，很喜歡妳，因此才加入泳社的，眞的！」瑋瑜學姊拉著我的手，誠心向我道歉。

「放心啦，妳們兩個看起來就是標準的胸大無腦，我相信妳們是被人利用的。」郝蕾眞的好雷，說話口無遮攔，聽得我冷汗直冒，幸好學姊們沒跟她計較。

「我就說嘛，打從一開始我就感覺薛寶琳哪裡不對勁，原來她便是大至社會上各角落、小至各大專院校裡總會存在的一種生物——『綠茶婊』，所有的男人都逃不過她的手掌心，她不只用盡心機想和好兔搶歐巴，我看她連蘿蔔也沒打算放過啊。」郝蕾雙手扠腰，說得義憤塡膺。

「咦？」搶歐時庭我可以理解，但她又不喜歡羅博特，幹麼不放過他？

「我同意郝蕾學妹的話。寶琳還沒去泳隊學游泳前，羅博特隊長就喜歡她了，但寶琳從沒想過要跟他交往，只是故意和他搞曖昧而已。幸好隊長現在醒悟了，喜歡我們可愛的好兔。」瑋瑜學姊又驚爆一個八卦，語末，她拍了拍已聽傻的我，溫和一笑。

「醒悟？我不這麼認爲喔，妳沒聽說過花心大蘿蔔這種生物嗎？」郝蕾特別在花心兩個字加重音節。

我的心，陡然裂成兩半。我才剛準備要和蘿蔔約會啊……

「唉唷，郝蕾學妹妳不要嚇好兔，沒這麼慘，隊長人眞的不錯啦。」瑋瑜學姊先是黑了一下羅博特，隨即又幫他洗白，但這一黑一白攙和起來成了灰的，不禁在我的心裡添了點不安感。

「我可不敢相信妳們兩個的眼光。」郝蕾搖搖頭。

「鼻要醬子啦！」學姊們露出憨傻笑容，娃娃音撒嬌，同時一人一邊地把我往全身鏡前推去。

「讓我們來看看打扮後的好兔……」瑋瑜學姊刻意拉長尾音，興奮展示，「大功告成，噠啦！」

「See！變身國際超級名模了！」小鈴學姊滿意地看著我。

「郝逸希，變得這麼美妳『好意西』啊！」郝蕾驚呼連連，拚命拍打我。

我望著鏡子裡的自己，不敢置信這個人是我，驚訝得下巴都要掉下來了。

這、這眞的是我嗎……

一字領露肩禮服配上垂墜在胸前的銀項鍊，剛好修飾了我的寬肩，非但沒有壯碩感，還讓肩頸的肌肉線條看上去別有一番線條美感；縮腰的蓬裙設計，在我那稍嫌過窄的臀部撐起一個漂亮的弧度，身材比例更協調；短款禮服，搭上同色系的低跟鞋，使我的腿更顯修長，整體一看，眞的就像個名模。

原、原來，我也能夠這麼美，這麼像個女孩！

「好啦，仙杜瑞拉，妳的南瓜馬車已經等在樓下了，去吧。」神仙教母小鈴學姊把我的手機放進晚宴包裡，塞進我的手心。

「那我咧，我也可以坐南瓜馬車嗎？」郝蕾擠上前。

「當然不行，妳坐我們的車。」兩位學姊異口同聲說。

我小心翼翼走下樓，好幾次差點就因爲不習慣穿有跟的鞋而跌倒，還好有郝蕾牽著我，不然我可能會從三樓一路摔到一樓，摔成白痴。

一走出宿舍，便看見羅博特那台醒目的瑪莎拉蒂停在那，羅博特本人則穿著剪裁合身的靛藍色西裝，手插口袋倚在車邊，在掛滿彩燈的聖誕樹陪襯下，那畫面美得像一幅畫。

學姊們和郝蕾簇擁著我走向羅博特，但我穿成這樣，都不太會走路了，不僅全身僵直、極不自然地往前移動，還有點同手同腳。

「嗨。」我露出尷尬的笑容，從喉頭擠出了一個乾澀的聲音。

一看見我，羅博特的雙眼登時一亮，「好兔，妳……眞是讓我驚豔！我的眼光果然沒錯，妳穿著裙子的模樣比平常的妳好看很多，我絕對不會再把妳誤認爲學弟了。」

「謝……謝。」我支支吾吾道謝，心裡卻不是很確定他這算不算是讚美，因爲我並沒有被稱讚的喜悅感。

我像是得到神仙教母幫忙的仙杜瑞拉，被送上南瓜馬車，與王子共乘，往舞會的現場奔馳而去。

聖誕節讓整座校園瀰漫著浪漫氛圍，正對校門的圓環，矗立著一棵超大的聖誕樹，樹上掛滿了許願卡，卡片隨風飄蕩，白日裡遠遠望去，色彩繽紛的卡片都成了裝飾的一景，入夜之後亮起裝飾燈，更是美麗。

此刻的我，身著華服坐在名車上，穿過彩燈閃爍的林蔭大道，彷彿來到迪士尼的童話世界，我的少女心也跟著翩然躍動，興奮不已。

聖誕舞會是由學生會主辦的，因此當我挽著羅博特的手臂進到大禮堂時，一眼就看見歐時庭站在舞台邊交代事情。他身穿純黑色合身西服，內搭素白T恤，腳下穿了雙白色球鞋，儘管是如此盛大的場合，他仍是一身韓團偶像的穿搭，正式卻不拘謹。

很帥，完全是全場矚目的焦點。

而站在歐時庭身邊的，是我好一段時間沒見到的寶琳學姊，今晚的她盛裝打扮，宛如要參加奧斯卡頒獎典禮，美得讓人屏息。

他們是學生會的重要幹部，負責替今晚的舞會開舞，不得不說，她在歐時庭身旁那麼一站，兩人就像金童玉女一般，非常速配。

可不知是舞台投射過來的燈光太刺眼，還是我自己心態問題，那畫面我覺得相當扎眼，尤其是看到寶琳學姊親暱挽著歐時庭、緊緊貼著他時，我心裡很不舒服，索性背過身不再看他們。

羅博特側首在我耳邊低語：「好兔，妳今晚眞漂亮，好多男生都在看妳，我感覺很有面子。」

面子？

我還以爲他要表示吃醋或是生氣……如果是歐時庭，他肯定會逼我立刻穿上長褲，好遮住兩條裸露的長腿，不給別人看。

剛這麼一想，我的背脊就感到一股涼意，回頭一望，果然是歐時庭正惡狠狠瞪著我！

他的目光狠戾，令人毛骨悚然。

還好他正在準備開舞，暫時無法離開舞台，但……我還是先離開他的視線範圍比較保險一點。

況且，我實在不喜歡成爲大家注目的對象，我想要低調。

「隊長，我們不要站在舞池中間好不好？」我開口問羅博特。

「叫我Robert。」他特有的酥柔嗓音在我頭頂響起，像是沒聽見我的要求，只在乎我對他的稱呼。

可是我英文發音不好，不想喊他的英文名字，所以我叫他：「蘿蔔。」

「嗯？」羅博特可能以爲我只是發音不標準，難得沒糾正我。

「我不想站在這裡。」我乾脆直說。

「爲什麼？這裡很好啊，我很會跳舞呢。」羅博特給了我一個帥氣的燦笑，引起旁邊一堆女孩大聲尖叫。

聽他這麼說，我有點傻眼。

他很會跳舞，但是我不會啊！我穿成這樣，連走路都有問題了，等等萬一不小心被自己絆倒，摔在舞池正中央那不是很糗嗎？

「別緊張，有我陪著妳。」看我爲難地一直往後退，他忽而攬住我的腰，讓我緊靠在他的身上。

欸欸欸！這樣是要幹麼？

我有點慌，一時間不知道該怎麼辦，下意識就回頭望去，向舞台上的歐時庭投以求救的眼神。

說時遲那時快，就聽寶琳學姊失聲驚呼：「會長你去哪，馬上就要開舞了，不要丟下我啊！」

她恰好站在麥克風的前面，聲音便這麼傳了出來，全場都聽到了。音控人員也沒留意到這個小小走調的插曲，音樂聲同時響起，主持人宣布舞會開始。

然而舞台上只剩寶琳學姊獨自站在正中央，她的男伴已經不見了。

那畫面太尷尬，大家都在底下私語竊笑，寶琳學姊面露難堪，最後似乎是哭著跑下舞台的，但我自顧不暇，沒心思關心寶琳學姊的去向。

「搭著我的肩。」隨著悠揚的樂聲，羅博特拉起我的手，要我與他共舞。

「喔……」我被動地擺好姿勢，跟著他左搖右擺，心思卻專注在歌曲上，好幾次都不小心踩到他的腳。

舞會選歌，也是由學生會負責嗎？

開舞的歌曲是首慢歌，是西城男孩主唱者Shane Filan的〈Beautiful in White〉，小時候他們很紅，歐時庭剛好那段時間在學琴，經常自彈自唱這首歌給我聽。

憑良心講，他的歌聲還真不錯。

啊……好久沒聽他唱歌了。

自從歐時庭考上大學、離開家鄉後，我和他便很少有機會見面，屬於我們的共同回憶好像也就這麼被留在過往的青春裡了。

正當我感嘆時，輕搭在羅博特肩上的左手猛地被人拽起，那人輕輕往後一帶，將我從羅博特的懷抱帶開。

咦？

我不明所以地抬眼，看向抓著我手腕的歐時庭。

「喂！你幹麼！」舞伴忽然被人截走，羅博特十分惱怒。

「你還是去找你原本的夢中情人跳舞吧，小兔不適合你。」歐時庭向羅博特嗆聲，完全不管此刻的我們站在舞池中間有多引人矚目，也不管舞會正在進行現場直播。

「歐時庭……」我有些尷尬，好想找個地洞鑽進去。

「跟我走！」歐時庭拉著我的手，大步往外走。

「喂，等、等一下……」他走得太快，穿著禮服的我必須努力邁開步伐才能跟上他。

歐時庭一路把我拖出禮堂，經過聖誕樹旁的造景，一直走到池畔涼亭才停下腳步。

「你幹麼啊？我好不容易可以跟羅博特跳舞，幹嘛跑來搞破壞啦。」

「不是妳先跟我求救的？那個開舞前朝我看過來，拜託我救妳的眼神。」歐時庭放開我，走到涼亭裡坐下。他雙手抱胸、雙腿交疊，下巴微昂地看著我，表情似笑非笑，看起來有點討厭。

對、對齁，是我自己向他發出求救訊號的。

「我只是覺得被大家盯得有點尷尬，想站旁邊一點，但是隊長不讓，他非要站在舞池中央。」我當然沒膽說是因為他的目光一直殺過來，我想躲起來……只揀了其中一個原因告訴他。

「郝逸希，妳不是想跟他在一起？他就是這個樣子，妳得習慣。」他伸手朝我指了指，「這身衣服哪來的？他買給妳的？」

「嗯！好看嗎？」我想起自己今晚打扮得像個國際名模，拉著裙子開心轉了一圈。本以為歐時庭會揶揄我，沒想到他卻說：「好看。」眼裡還閃著異樣的波動。

我頓時有點害羞，不禁低下頭，絞著手指。明明燈光美、氣氛佳，誰知劇情急轉直下——

「但不適合妳，妳穿這樣走起路來很醜，跟喪屍一樣。」歐時庭嫌棄地說，並脫下西裝外套扔給我，「大冬天的，穿那麼短的裙子，不冷嗎？繫上。」

我慌忙接住，乖乖用外套遮腿。

「走，馬上回去換下來還給他！」他忽而放下交疊的雙腿，起身拉著我往宿舍走。

怎麼這樣，我好不容易變成國際名模耶！

「歐時庭，你不喜歡我變漂亮嗎？」

「妳本來的樣子就很好看，不用刻意打扮成這樣。」

他牽著我的手，繞過燈光閃爍的聖誕樹、穿過掛滿彩燈的林蔭大道，感覺還挺浪漫的，我突然覺得，沒有南瓜馬車也很好，我們可以肩並肩，一起走很久。

忽地，歐時庭輕輕唱起歌來，西城男孩Shane Filan的〈Beautiful in White〉。

他說，這是婚禮歌，新郎唱給新娘聽的。

❖

聖誕節過後，迎來幾波寒流，接下來即將面對的挑戰就是期末考了。

那對我來說，簡直比死還慘。

我是個學渣，平常上課睡覺老師管不著，期中考時，幾乎各科都是採分組報告評分，我在郝蕾的庇蔭下，也安然無恙地度過，但碰上期末筆試，就眞的只能修行靠個人了。

我評估了下，我在這次期末考裡存活的可能性微乎其微，即便是open book的科目，我一樣完蛋，因爲一本將近一千頁、跟百科全書沒兩樣的book，就算open醬來了也找不到答案在哪裡。

於是跨過一個新的年度後，我平常的去處除了課堂和游泳池外，便是被歐時庭抓去學生會，關在小會議室裡讀書。

本來我還擔心會遇上寶琳學姊，歐時庭讓我不必擔心，說她已經辭去執行祕書一職，退出學生會了。聽他這麼一說，我才發現寶琳學姊最近不只蹺了泳隊的社課，系上活動更是不見人影，整個人自地球上神隱。

我猜聖誕舞會一事，應該對她造成很大的打擊。

那晚她在舞台上被丟包的畫面，透過網路直播，在學校的臉書社團鬧得沸沸揚揚，寶琳學姊顏面盡失，好一段時間成了別人茶餘飯後的笑話。接著，又有人提起她做直銷賣代餐包一事，連同過去她陷害我的事都被人抖了出來，小鈴學姊她們也現身證實其事件眞實性，原本被捧得高高在上的女神瞬間摔下神壇，也難怪她要神隱。

雖然覺得寶琳學姊有點可憐，但我不會再隨便同情她了，畢竟她之前對我虛情假意，我心裡也是挺受傷的。

於是期末考前，我便安心往學生會跑，拚命K書。

這波寒流特別強勁，即便在室內穿著羽絨大衣還是好冷，我把自己縮成一團，下巴擱在厚厚的課本上昏昏欲睡。

明明課文全都是中文字，爲什麼我還是看不懂呢？

我呆滯地望著課本，恍惚間，彷彿看見上頭的文字一個個飛離原本的位置，在我眼前跳起舞來，弄得我頭暈目眩……

「郝逸希！」嚴峻的罵聲響起。

下一秒，我的頭頂遭受到圓珠筆的攻擊，「噢！很痛耶！」我猛地清醒，哇哇大叫，不用抬頭也知道是歐時庭來了。

「看幾頁了。」

「一頁……」

「一個晚上妳就看了一頁？距離期末考只剩下二十天，妳有五科要筆試，平均四天得看完一科，一科一本書算五百頁就好，妳一天至少必須看一百二十五頁，何況妳的一本教科書根本不止五百頁。」歐時庭把宵夜擱在桌上，開始數落我。

嗄？

我聽得一頭霧水。不要不要，不要跟我算數學，我有數字障礙！

「總之，妳給我振作點，既然已經坐在書桌前讀書了，妳就要將內容讀進腦袋，不要浪費時間。」

「喔。」我意興闌珊地翻了翻書，十分無奈，「唉，早知道我就跟你一樣讀法律系，好歹有你罩我，借筆記什麼的也方便多了。」

咦，這話我好像曾跟郝蕾說過，當初她是怎麼回我的？

我想起來了，她說我會打輸官司被黑社會追殺，或是根本畢不了業。

嘖，這個惡毒的女人。

「妳確定？」歐時庭也沒比郝蕾好到哪去，他揚眉，表情戲謔，然後長手一伸，從旁邊書架拿下一本書，「妳先翻一下再決定要不要亂說話。」

「砰」的一聲，一本像磚頭一樣重，比我手上任何書都還要厚的精裝版六法全書落在我面前，歐時庭拉開椅子坐到我身邊，側首撐臉，等著看我的反應。

「不、不用了……我還是唸我的新聞學就好，呵呵。」我伏下身，雙手舉過頭，畢恭畢敬將六法全書推還給他。

「不然……你轉系好了，轉來我們新聞系？」

「好啊，跟薛寶琳同班。」

「那不要、不要！」自從知道她是傳說中的綠茶婊，假裝好人騙得我團團轉後，我就對她非常感冒。

而且她無時無刻想要搶走歐時庭，這我不能接受。

哥哥是我的！

咦？

「幹麼臉紅？」歐時庭忽然捏住我的臉頰，痛得我哇哇叫。「與其花心思在那邊胡思亂想，不如多塞點有用的東西進去。」他又拿圓珠筆敲我腦袋。

「唉唷，」我拍開他的手，「我就笨嘛，看了前面忘後面，看了後面忘前面。」

「讀書呢，是有訣竅的，不是把書翻開從第一個字讀到最後一個字，妳就記得住全部內容。」

歐時庭的碎碎念神功開始發威，加上他坐在我身邊，得以汲取他身上的溫暖，於是聽著聽著，我又有些想睡了。

通常這種時候歐時庭就會一掌拍醒我，然後拿過我的書，先速覽一遍，再向我講解重點，同時不忘讓我寫筆記。

學霸就是這樣，腦袋裡好像裝了自動掃瞄器，過目不忘，並且能一眼看出重點在哪，就連別系的專業科目都能無師自通……那書都給你們讀就好啦，我學渣，坐在這裡幹麼。

但今天，劇情走向卻不同往常的預設模式，歐時庭念啊念，我的頭點啊點，突然周遭就沒了聲音。我冷得縮了下身子，迷迷糊糊間，彷彿看見他伸手把我攬進懷裡，那暖度像是往身上蓋了條舒服的被子，整個人暖和起來，我忍不住更往他的懷抱靠過去，沉沉進入了夢鄉。

我夢見自己飄啊飄，一下子飄到了游泳池，一下子飄到了歐時庭家，最後停在我第一次得到游泳冠軍，那大概是我小學二年級的時候。

我脖子上掛了面金牌，爸爸在場邊爲我拍手，下一秒，我跳下凸台，直接衝向爸爸身邊的歐時庭。

「哥哥，我拿到了！」我拉高胸前的獎牌，開心大叫。

「小兔眞厲害。」歐時庭眼裡綻放光彩，揚起笑容問：「我們小兔以後還會拿好多好多的獎牌，妳想拿幾面獎牌呢？」

「一百面、一千面、一萬面！哥哥讓我拿多少獎牌，我就拿多少獎牌！」

「好啊，要拿，就拿最厲害的那個！」

「最厲害的嗎？在哪裡？」

「世界冠軍，奧運金牌。」

「好，那就奧運金牌！等我拿了世界冠軍，你要給我什麼獎賞？」

「妳想要什麼獎賞？」

「唔……嫁給你好了。」

歐時庭愣了一下，接著舉起手敲了敲我的腦袋，「笨蛋，不用拿世界冠軍也可以嫁給我好嗎。」

這是什麼怪夢啊……

半夢半醒間，我沒多細想剛才的古怪夢境，只覺得日光燈亮得扎眼。我揉揉眼睛，將頭轉了個方向，往枕頭深處埋去。

「郝逸希，不要再鑽下去了！」

耳邊傳來歐時庭的吼聲，我夢見自己被夾娃娃機的爪子夾住腦袋，用力往上拉——

我登時清醒，一睜眼，便與歐時庭的怒目相視。

「怎麼了……」我訥訥地問。

「妳從我的胸口、肚子一路睡到了大腿上，還想往哪裡鑽？給我起來繼續讀書。」

順著歐時庭的話，我低頭望去……哎呀，他的衣服上明顯多了幾塊水漬，是我的口水，還流了人家滿身滿腿，真是不好意思。

我趕緊坐正，準備再戰第二回合。

咦？

我發現教科書上多了一本筆記本，順手翻閱，就見裡頭的字跡秀氣工整、重點條列分明，再對照了下教科書的內文，不禁喜出望外地轉頭看歐時庭，「你剛剛幫我謄了筆記？」

「不然咧？」他酷酷回應，看上去帥帥的。

「耶！歐時庭你對我眞好！」我一激動，想也沒想就抱住他。

「唉，誰讓我這麼沒有眼光，喜歡妳呢。」他假意嘆了一口氣，兩手便這麼爬上我的背，緊緊擁抱著我。

我靠著他的胸膛，感覺心裡甜滋滋的。「你到底……喜歡我什麼啊？」我有點小害羞地問他。

「不知道。」

欸！

我正想抗議，就聽到他說：「在我眼裡，妳什麼都好，所以妳只要保持現在這個模樣就好，妳就是妳自己最好的樣子。」

第八章　不是美人魚，原來是海兔

經過歐時庭近一個月的魔鬼式惡補，我神奇地期末考歐趴，迎來歡樂的寒假。我打算先大睡特睡個三天三夜再來好好安排假期，怎知寒假第二天，一早就有電話擾人清夢。

我看了眼來電顯示，又是歐時庭。

「喂……」

「懶豬，幾點了還睡？起床。」歐時庭充滿霸氣的嗓音從手機另一端傳來。

我瞥向床頭的鬧鐘，「拜託，才七點而已……」

「帶上泳衣泳具，十分鐘後在妳家樓下會合。」

「什麼泳衣泳具啦，現在是寒假耶！」我嚴重抗議。

「晨練，一天都不能鬆懈。」

齁。

儘管千百個不願意，但十分鐘後，我還是乖乖帶著東西出門，就見歐時庭已經等在我家門外，他身上也背了一個包包。

「我爸說我可以不用游泳了耶。」我站在他的機車旁，有些遲疑。

我一個準備放棄游泳的人，連泳隊寒訓都考慮不參加了，爲什麼要在這種大冷天跑去泳池練習啊？

「妳真的不游了嗎？今天過後，再說吧。」歐時庭將安全帽扣到我的腦袋上，偏頭說：「上來。」

我乖乖爬上後座，習慣性抓住車屁股上的把手，歐時庭卻主動將我的手往前一帶，塞進他的外套口袋裡，「天氣冷，手會冰。」

你也知道天氣冷，那還要我下水游泳！

我雖在心裡碎念，卻也對他無可奈何。

由於雙手分別插在他外套兩側的口袋裡，我不得不貼著他的後背，風聲從我耳邊呼嘯而過，我卻只聽見他怦怦、怦怦的心跳聲，穿過背脊傳到我心裡。

從更衣室走出來時，我左右沒看到歐時庭的人影，正覺得奇怪，忽然有人出聲叫我，我循著聲音的來源望去，差點沒嚇死。

歐、歐時庭居然下水了！雖然他站在泳池淺水區，水深只比他的腰高上一點，但那畫面已過於衝擊，讓我瞬間傻住。

回過神，我急忙上前，蹲在池畔詢問：「你幹麼？」

「妳還記不記得，我也曾經在這個池裡游來游去。」

我點頭，記得。

歐時庭國小一年級的時候，歐媽讓他來跟爸爸學游泳，我不太清楚到底發生了什麼事，只隱約記得在一次意外之後，歐時庭便再也不敢下水游泳，從此中斷學習。

「其實我小時候的夢想，是和妳一起游泳、一起比賽、一起長大。」歐時庭雙手一撐，上了岸。

哦？

他拉著我在池畔坐下，兩人邊踢著水邊聊天。

「妳從小就很會游泳。」歐時庭的語氣充滿嚮往，水面波紋倒映在他的瞳孔上，看上去有些水潤。

「對啊。」

「眞好。」他說。

自我有記憶以來，我就已經在游泳池裡游來游去了。

爸爸說，我一歲的時候，他就把我扔進游泳池裡，我吃了幾次水便學會了水中呼吸、換氣，游泳彷彿是我的本能，不需要刻意學習就會的事。

「不過你爲什麼會這麼喜歡游泳呢？即便後來懼水，你還是不斷研究運動科學。」

「看妳游泳是件很療癒的事，妳在水裡看起來很優游自在，我很羨慕，加上我經常聽我爸媽說起郝爸、郝媽以前的事，內心很崇拜他們，更是憧憬那水中世界。好不容易等到我上了小學，我媽終於答應讓我跟著郝爸學游泳，我高興得要命。」說起這段往事的時候，歐時庭的表情非常柔和。

我看著他好看的側臉，覺得胸口好像被什麼東西塞得滿滿的，心跳得很快。

「爸爸說你很有天分呢，要不是發生溺水意外，現在肯定是個摘金無數的奧運國手。」

「是啊，搞不好今天花大游泳隊隊長就是我，哪還讓羅博特在那招搖。」他笑笑地說，眼裡卻透著說不上來的感慨。

後來歐時庭告訴我，當年他溺水時，是我第一時間不顧一切地游過去想救他。

「我嗎？眞的假的？」我怎麼一點印象都沒有。

「眞的，我們練泳的時候一起游過深水區，我突然抽筋，不斷在水裡掙扎，妳發現情況不對，回過頭抓住我，想把我拉回池畔，但妳那時候還那麼小，怎麼可能救得了我，只會被拖著一起溺水，所以在我還有意識時，我拚命把妳趕走。」

「我怎麼那麼感人啦。」

「不是感人，妳是笨。」

喂，怎麼這樣說話！

「可是，就因爲妳這麼笨，我才會這麼喜歡妳。」他凝視著我，輕聲說。

冬天一早的游泳池沒什麼人，怎知此時忽然從水裡冒出一個晨泳的阿伯，他對著我們大喊：「欸，年輕人，你們要游就下來游，要談情說愛就穿好衣服再談，坐在那邊聊天會感冒啦！」

唉唷，好窘。

不過阿伯說的也沒錯，這裡雖是溫水泳池，但一直坐在岸邊還是會著涼的。

「下來。」歐時庭率先跳下水，再伸手將我也拉入水裡。

「所以……你現在是想重新學游泳？」我問。

「對，小兔，我要幫妳找回游泳的初衷。在得到那麼多的獎牌之後，妳卻忘了游泳的快樂。」

歐時庭的話，讓我一愣。

游泳占據了我的人生，成了我必須要做好的事。

在爸爸的高壓訓練以及追逐名次的歲月中，我失去與朋友玩樂的自由、失去女孩愛漂亮的權利，不知何時，我也丟失了一些很重要的東西，以致於我對游泳沒了感覺。

「那我的初衷是什麼？」我茫然仰頭問他。

「和我一起游泳、一起比賽、一起長大。」

「跟你一樣？」

「對。很抱歉我自己先離開泳池，留妳一個人在這條路上孤獨地前進。」

他這話，怎麼說得這麼……讓人想哭啊。原本冰涼的臉龐熱暖起來，我臉上的水珠忽而有了溫度。

「而且妳可能忘了，成爲國手、拿到奧運金牌，那並不只是郝爸對妳的期望，也是妳曾經有過的夢想。」歐時庭拉住我的雙手，漂亮的眼睛裡，水光閃閃。

儘管他大部分時候都很霸道，說話不好聽，但有的時候，他又溫柔得不得了。

我忽然想起溫書那天的夢境，難道……那是眞實發生過的事嗎？

拉回思緒，我開口問他：「歐時庭，我小時候有說過要嫁給你之類的話嗎？」

咦，人怎麼不見了？

再仔細一看，他還緊緊牽著我的手，人卻已閉氣潛入水中。

我驚愕不已。這個人不是懼水嗎！光是臉碰到水，就會產生溺水般地窒息感，現在整個人埋進水裡是想嚇死我嗎！

我慌忙深吸一口氣，蹲身入水，就見歐時庭雙眼緊閉，有點痛苦的樣子。我用力想將他拉出水面，沒想到他的力氣比我想像中大得多，我居然拉不動他。

他到底想幹麼呀？

我正思索著該怎麼辦，忽地，他張開眼睛，傾身就要往我嘴上親過來。

他是要我像電影演的那樣，分一點空氣給他嗎？還是……我正猶疑著，他的脣已經碰到我的，比起水溫，他的脣要再冰涼些，就在雙脣輕觸的瞬間，他驀地將我拉上水面。

然後就……

被水嗆得狂咳。

「咳、咳……咳……對、對不起，還是不行。」歐時庭別過臉，掩著嘴，咳得肺都要噴出來了。

「你不要勉強自己，雖然我是救生員可以救你，但看你這麼難受，我很擔心……」也覺得有點害羞。

我摸著自己的脣瓣，回想剛剛在水中的情景。那算是接吻嗎？或者那只是出自於他的求生本能？

「小兔，這個寒假，我陪妳一起在這個泳池裡找回妳游泳的初衷。」歐時庭緩過呼吸後，雙手輕握著我的手臂，低首對我說。他的語氣有那麼點溫柔，我有那麼點不習慣。

「嗯……好。」我抬頭看著他，輕聲回應。

或許是氛圍使然，那瞬間，我突然有了身爲女生的嬌柔感。

站在一起，還能讓我仰望的人，也只有他了。

游完泳，歐時庭帶我去吃早餐，巷口早餐店的老闆娘依舊熱情，一見到我們，立刻親切招呼。

「小歐、小兔，放寒假回來呀？老樣子，蘿蔔糕加蔥蛋、肉鬆蛋吐司、黑胡椒鐵板麵、一杯熱奶茶、一杯熱紅茶，對吧？」老闆娘手拿煎鏟，不假思索地幫我們點餐。

「阿姨，妳居然還記得！」我驚呼。

寒假一早，少了學生人潮，空位子很多，歐時庭在店內找了個位子坐下，向我招了招手，我點點頭，朝他走過去。

「怎麼不記得，你們從小就點一樣的早餐，小歐只吃蘿蔔糕加蔥蛋，妳如果不是集訓期，就會吃鐵板麵加肉鬆蛋吐司，很少有女孩能吃這麼多，我印象深刻。」老闆娘笑得眉眼彎彎，她開的早餐店是我們的青春回憶。

的確，我從小就是個大食怪，非集訓時期不用刻意忌口，就會吃很多東西，有時候還會把歐時庭盤子裡沒吃完的食物掃光，難怪阿姨會記得。

「什麼時候再有大比賽？」老闆娘送上餐點時，順口一問。

「四月底，全大運。」我幾乎秒答。

「加油喔，阿姨等著轉播奧運比賽時看到小兔！」

我抬頭衝著她笑了笑，心裡對於自己剛剛回答問話時的不遲疑，有了一點點猶疑。

「比賽時間連想都不用想就脫口而出，妳這樣還說想放棄游泳？」等老闆娘離開後，歐時庭挑眉問我。

「也許、可能……不會放棄。」我歪著頭，不是很確定。「一直以來我就只會游泳，也只有這件事做得最好，如果放棄游泳，我實在不知道自己還能做什麼，而且……我的身材好像也回不去了。」

「的確，破壞已經造成。」歐時庭手捏下巴，點點頭，認同我的自覺。

「你還附和！」我拿餐巾紙丟他。

歐時庭不當一回事，一副再自然不過地接著說：「可是，這就是我所喜歡的妳。」

這人現在怎麼一言不合就告白啊，真是讓人害羞死了！

「我還是要再強調一次。」他面露嚴肅，展開碎碎念神功：「無論妳想談戀愛的對象是誰、別人對妳的期許如何，妳就是妳，不應該因此忘記游泳帶給妳的單純快樂，更不該隨隨便便就說要放棄。」

「歐時庭……」我望著他堅定熱切的眼神，有點被他所感動。我忍不住問自己，游泳帶給我的，真的只有痛苦而已嗎？

好像也不是。

「只要想到妳放棄的，是我這輩子都完成不了的夢想，我就覺得難過。」

聽到他這麼說，我由衷感到慚愧，只能低下頭吃鐵板麵。我戳了戳盤子裡已經涼掉的麵條，突然想到自己還少說了一件事。

抬起頭，我皺眉看著歐時庭，「你說的都對，可是除了那些之外，讓我最挫折的，是每個人總會不自主地跟我提起媽媽，說她曾經是一顆多麼閃亮的明日之星，希望我青出於藍更勝於藍，『美人魚』這個稱號帶給我的，是更多的壓力。」

歐時庭定睛瞅著我，忽而笑了起來。他用筷子尾端敲我額頭，「如果是這件事，妳就更不用感到有壓力了。」

「為什麼？」我撫著被敲痛的地方問他。困擾我這麼久的事，他居然就這樣笑笑帶過。

「因為妳真的不是『美人魚』。」

「欸，你怎麼這樣啊，之前羅博特笑我不是美人魚的時候，你還很生氣，結果你現在也說我不是美人魚。」

「『美人魚』是郝媽，而妳，不需要成為別人。妳是小兔，妳是天生生長在海裡的『海兔』。」他刻意放輕嗓音，聽起來很溫柔，像是在稱讚我。

我好奇問：「海兔是什麼樣的生物啊？」

「是一種長得像兔子的海蛞蝓，也叫鼻涕蟲，剛好跟妳一樣，從小就愛哭愛跟路。」

「你很煩耶！」我還期待著能從他的嘴裡聽到什麼好話，卻得到這樣的回答，讓我又羞又窘，不停拍打他。

「可是，很可愛。」他放下筷子，傾身湊近我，雙手捏住我兩頰的嘴邊肉，一雙黑白分明的漂亮眼睛裡，閃著星星般的光芒。

我血氣登時直衝往腦門，心跳快得像是要從嘴巴裡蹦出來，感覺有點頭暈。

「欸，你們在談戀愛喔？」一道稚嫩的聲音突地冒出。

我嚇得轉頭一看，原來是老闆娘那讀國小一年級的孫子。

歐時庭縮回手，表情不是很高興，「小鬼，你管太多閒事了，盤子收了就快點走開。」他把空盤子塞進小男孩手裡，並輕輕打了小男孩的屁股一下，把他趕走。

「哈哈哈哈，男生愛女生、女生愛男生，羞羞臉！」小男孩哈哈大笑，端著盤子邊走邊大嚷，早餐店裡的人都聽到了。

我糗得不知道臉該往哪裡擱，只好埋頭拚命吃。

❖

回到家時，爸爸剛要出門。

他看我和歐時庭拎著包包一塊出現，腳下還穿著夾腳拖鞋，疑惑問：「你們一早是去了哪裡？」

雖然我和爸爸在那次深談後，關係變得比較好，但相處起來還是有點彆扭。我摔著背包肩帶，想著該怎麼回話時，歐時庭直接替我回答：「我陪小兔去練泳。」

「咦，我以爲妳不游泳了。」爸爸有些詫異地看向我，盡可能用他最慈藹的聲音說：「眞的，如果妳不想繼續游泳，爸爸不會再逼妳，我已經跟徐俊提過這件事了。」

我側身看了眼歐時庭。

歐時庭拍拍我的頭，「郝爸，小兔只是對未來感到有點迷惘，並不是眞的想放棄游泳，我們再給她一點時間，我會陪她找回游泳對她的意義。」

「好。」爸爸欣慰地點點頭。他彎身穿鞋準備出門，走到門口又回過身，「對了，小歐，你幫我去書房找出小兔她媽媽過去留下的東西吧，小兔上次向我問了關於韻華的事情，我想……該是給她看看的時候，我也該放下了。」

說完，他逕自轉身出門。

我一頭霧水地問歐時庭：「什麼東西啊？」

「郝媽游泳的影片，她成爲『美人魚』的紀錄。郝媽過世後，郝爸因爲傷心，把這些東西都收起來了，我也沒看過，不過我想妳看了影片之後，或許可以找回一些對游泳的感動。」

我看著電視螢幕裡的畫面，一場又一場的比賽，選手每一次跳入泳池中激起的水花都像拍打在我的胸口，彷彿有什麼東西撞擊著心臟，就要從我身體的每一個毛細孔衝出來，我甚至有幾次差點忘了呼吸。

影片裡的選手是媽媽，可我有時候又恍然覺得那身影是我。我終於明白，爲什麼別人都說我很像媽媽。

「原來我眞的是媽媽的復刻版……」我盯著電視喃喃自語，「我是楊韻華2.0耶。」

「不是。」

咦？

「妳們的氣場和眼神完全不一樣。」歐時庭指了指螢幕，影片中的媽媽正在接受賽後專訪，「郝媽的眼神很堅定，她知道自己要做什麼。」

聽他這麼一說，我又仔細看了看那雙與我神似的眼睛，不禁感到震撼，那是我在鏡子裡的自己身上，從未見過的神情。

那場媽媽傷後復出的比賽，她甚至游得比受傷前還快，打破了自己的紀錄，記者訪問她是怎麼辦到的。

「我認爲，身爲一個運動員，比起體力與技巧，強大的心理素質才是致勝的關鍵。」

強大的心理素質？

我好像沒有。

比賽是贏是輸，對我而言，差別只在於贏的時候爸爸會笑，輸的時候爸爸會不高興，爲了看到爸爸的笑容，所以我總是拚命去游。

直到後來，我幾乎沒有對手，比賽對我來說也就失去了意義。

可是我從媽媽的眼神裡，看到了我所沒有的堅毅，那股不服輸的氣勢，很帥。媽媽是一個很有決心的人。

就像爸爸說的，她沒有我的天分，但是她熱愛游泳，也很努力追逐自己的夢想。

記者又問她：「妳爲什麼會選擇成爲一名游泳選手？」

媽媽笑答：「原本我只是喜歡游泳，後來我在速度的競逐裡體認到挑戰自我的成就感，就這麼一頭栽進了這個世界。」

「受傷這件事對妳有沒有造成什麼影響，妳曾想過要放棄游泳嗎？又是什麼理由讓妳堅持到現在？」

「當然會有影響，我甚至想過乾脆就此退役吧，但……我還是捨不得。我從小就走在這條路上，若是我放棄，過去的付出就全白費了。尤其當我想到放棄之後，再看到別人的成就，我肯定會後悔自己當初爲什麼不堅持下去，我不想讓這樣的遺憾發生，所以我積極復健、接受訓練，重新回到泳池。」

「妳在泳壇表現這麼傑出，未來有小孩的話，妳會希望小孩繼承妳的衣缽嗎？請妳對未來的小孩，以及和妳一樣正在這條路上努力的後生晚輩說幾句話吧！」

媽媽堅定看著鏡頭，「每個人都有自己的路要走，我希望我的孩子能健康快樂的長大，找到屬於自己的夢想，無論做什麼都全力以赴，並且堅持到底。如果孩子和我一樣選擇游泳，那麼我要說的是，這條路很孤獨很漫長，不是一天兩天就看得到成果的，需要耐得住寂寞，若中途放棄，那就什麼都沒有了。也請同樣選擇成爲游泳選手的你們一定要堅持下去，我就兩個字，加油！」

我看著畫面上的媽媽，心想成長過程中有媽媽陪伴就好了，這樣在我傷心、難過，甚至是迷惘的時候，她會牽著我的手，對我說：「小兔，加油。」

那麼「放棄」這個詞，便不會這麼輕易從我嘴裡說出來。

差一點，我就爲了可笑的理由，放棄我一直以來在努力的事。

好像要把我十九年來壓抑在心裡的各種情緒釋放出來一般，倘若全身都是淚腺的話，我現在已經是隻落湯雞了。

歐時庭伸手攬住我的肩頭，在我耳邊輕聲說：「小兔，回到泳池裡，重新感受水的溫度，妳是水系生物，離不開水的。」

我歪著腦袋，靠在他的胸前哭個不停，我想他內心也有所觸動，因爲我同時聽到他吸鼻子的聲音。

訪問結束後，電視螢幕呈現一片黑屏，我們沒去理它，深陷在自己的情緒裡。

忽然，畫面閃動了兩下，影片繼續播放，出現一個場景，傳來窸窸窣窣的人聲。

我們嚇了一跳，彼此對視了一眼。

歐時庭起身走上前，確定光碟沒有問題，才又回到我身邊坐下。「應該是不同段的影片被燒錄在同一片光碟裡，就順便看看錄了些什麼吧。」

我點點頭，發現畫面裡是我熟悉的泳池，鏡頭聚焦在一個小小的身影上，那孩子穿著粉紅色的連身裙泳衣，看上去約莫一歲多，走起路來還有些搖搖晃晃，一個高大的男人站在泳池裡，目光放在小女孩身上。

「欸欸欸，是我耶！」我指著螢幕大叫。

「喂，郝自由，看這邊啊！」是歐媽的聲音。

鏡頭往旁邊一轉，就見年輕時候的歐媽不停招手，她身後還跟著一個揣著小手帕、吸著手指頭的小男孩，是小時候好萌好萌的歐時庭。

「是你耶！」我看著這段毫無預期的影片，興奮得像發現新大陸似的，搖著一旁的歐時庭大笑：「你看起來大概都三歲多了，還在吃大拇指喔？哈哈哈，好可愛。」

歐時庭瞪我一眼，很快又將視線調回螢幕上，我吐吐舌頭，收回目光，專心看著這段珍貴的影片。

因為歐媽的叫喚，爸爸回頭對鏡頭露出難得一見的笑容。

哎喲，爸爸年輕的時候好帥！

他似乎不習慣面對鏡頭，馬上又把頭轉回去。掌鏡的人應該是歐爸，我聽到他在鏡頭外喊話，要歐媽後退一點。

接下來的情景，讓我屏息，我完全沒有預料到會有這樣的一幕。

「爸爸！」小小的我戴著游泳臂圈，突然從池畔撲通一聲跳下水。

爸爸將我從水裡拉起，我發出清脆的笑聲。他雙手輕輕牽著我，讓我漂浮在水面上，我仰著頭，下巴微微觸水，不斷踢動兩條小胖腿，他倒退走，我便往前進。

然後我聽到爸爸很溫柔很溫柔地說：「小兔好棒，來，跟著爸爸游一圈。」

那畫面簡直絕了。

在我的記憶裡，我從未看過這樣的爸爸，漫長的訓練歲月中，他總是板著臉，是個要求我好，還要再更好的嚴格教練。

「郝爸？」歐時庭微訝地喚了一聲。

我聲音哽咽：「對啊，是我爸。他怎麼那麼帥，而且好溫柔，好不像他，嗚嗚嗚……」我哭著，心裡既激動又感動。

「不是，我指的是站在這裡的郝爸。」歐時庭拉過我，將我的腦袋往後轉。

爸爸不知道什麼時候回來了，就站在書房門口，他似是努力壓抑著情緒，眼睛紅紅的，與我對上眼時，兩滴眼淚從他的眼眶裡滾了出來。

他緩緩朝我走來，我手足無措地從沙發上站起來，傻愣愣看著他，下一刻，爸爸把我抱進懷裡，就像小時候一樣，沒有彆扭沒有不自在，給予我最直接的溫暖。

「小兔，爸爸愛妳。」

❖

過年後，我還是回到泳隊參加寒訓了，總教練見到我時有些激動，我以爲他會把我抓去促膝長談，畢竟最近我身邊的人一直處在這樣的情感波動裡，即使他衝上來抱住我，我也不會感到奇怪。

但總教練只是紅著眼眶，拍拍我的肩，說了句：「很高興妳想通，好好練習，加油！」

「是。」我捏著背包肩帶，心裡有些五味雜陳。

我好像，讓關心我的人都擔心了。

換好泳衣回到池畔暖身時，我正好遇見羅博特，他看起來依然閃耀，帥氣地從重訓室走出來。一段時間不見，我發現自己居然一點都不想他，看到他也完全沒有任何感覺，心情平靜得跟池水一樣。

「好兔，過年吃得很好喔，臉圓潤了一點。」羅博特朝我走來，臉上掛著燦爛的笑容。

「隊長似乎變更壯了，你該不會整個過年都沒大吃大喝，保持鍛鍊吧？」我看他身上的肌理線條變得更加明顯，顯然經過一番努力。

「當然！」羅博特張開雙手，展現自信，接著誠懇問道：「好兔，那件事……妳考慮的怎麼樣了？」

聖誕舞會後，我將禮服連同包包、鞋子一起還給羅博特，當時他對我提出進一步交往的要求。

我應該要開心的，但不知怎麼地，那一刻，我忽然想起歐時庭說過的話，竟無法欣然同意，只覺得在羅博特的身邊有點不自在，或許我們不太適合彼此……我支吾了半天，最後請他給我一點時間，讓我想想。

過了兩個月後的現在，我的答案越發明確了。

於是，我斬釘截鐵地回道：「嗯，我不想當你的女朋友。」

「為什麼？」羅博特不解。

「雖然我不知道你喜歡我什麼，但肯定跟我變得和以前不一樣有關吧。」

「是啊，我喜歡改變後的好兔，和我更匹配了。」羅博特點頭，咧嘴露出迷人的微笑。

「可是，我想清楚了，我不要為了你改變，我就是我，我喜歡自己原本的樣子。而且……」我歪頭看了看他那完美的倒三角身材，每一寸肌肉都長得恰到好處，形狀漂亮，目測體脂肪極低，更堅信自己該拒絕他。「你這樣真的讓人壓力很大。」

哪有人年假不吃胖，還鍛鍊身體、維持完美體態的啊？若我真的跟他在一起，他都這麼鍛鍊自己了，我不跟進行嗎？那我肯定會憋屈而死啊！

「唉，我好傷心，妳不是說喜歡我嗎？」羅博特捧著心哀哀叫，模樣看起來一點都不傷心，比較像是在耍寶。

「我不喜歡你了，哈哈哈。」我玩笑性地打他。

歐時庭剛好從隊務辦公室走出來，聽到我們的對話，他連忙上前把我拉回身邊，對著羅博特說：「聽到沒，小兔說她不喜歡你了，你別再糾纏她。」

「欸，你這人真是……就算好兔不喜歡我，但我喜歡啊，我們可是最佳戰友呢！我會努力讓好兔再次喜歡上我的。」羅博特像是要故意惹怒歐時庭似的，字字句句都足以讓他氣到七竅生煙。

「大可不必，你喜歡的人可多了，再過兩三天你就會忘了小兔。」歐時庭嗆他。

「那當妹妹總行吧？好兔這麼可愛，我可以像哥哥一樣照顧她。」

「她有我一個哥哥就夠了。」

「既然你是哥哥，那爲什麼我不能當她男朋友？」

「因爲她的男朋友也是我。」

「喂，你這人怎麼這麼霸道啊！」羅博特說不贏歐時庭，吃癟的樣子帶點莫名的嬌氣，果眞像郝蕾說的，有點娘炮，看得我好想笑。

不過……歐時庭剛剛說了什麼？

我忽然意識過來歐時庭話裡的意思，吃驚地摀住嘴，抬頭看向他。

他給我一個迷人的眼神，自然而然牽起我的手，揚起勝利的微笑，「走吧，我陪妳去練習，別在這閃瞎別人的眼睛。」

歐時庭拿出手機，點開APP，念了一長串的訓練菜單，然而我什麼都沒能聽進去，腦海裡迴盪著：

「因爲她的男朋友也是我。」

「因爲她的男朋友也是我。」

「因爲她的男朋友也是我。」

我幾時和他有這樣的共識了？

「郝逸希，妳能不能專心點？」歐時庭忽地用手機輕輕敲了我的前額一記。

「齁，你別老是打我的頭，都被你敲笨了！」我雙手抱頭呈掩蔽姿勢，斜眼瞋他。

「妳本來就笨，別想賴我。」歐時庭拉下我的手，笑著揉了揉我的額頭。

「歐時庭，我什麼時候答應要做你女朋友了？」

歐時庭回視我，神色傲嬌，語氣帶點威脅地說：「妳不要嗎？」

我被他問得語塞，訥訥回應：「不、不是。」

「那就好，下水，別再囉唆。」他打了一下我的屁股，將我往泳池方向推去。

我登時臉紅，覺得這互動很讓人害羞。

「喔。」我慌忙走到池畔，蹲下身子，從泳池撈水潑自己的心臟，讓身體習慣水溫，也順便讓發熱的臉蛋降溫，接著轉身入水。

涼涼的池水，充滿氯氣的味道，是我從小到大最熟悉的氣味。我試著放空思緒，單純感受周遭水流的聲音，重新找回不知丟失多久的本心。

我的初衷。

最開始，我對游泳的喜愛。

❖

二〇一八年　全國大專運動會

游泳場館裡熱鬧非凡，加油聲在整座游泳場館裡迴盪著，分外澎湃激動。

賽程進入女子公開組五十公尺自由式決賽，出場前，總教練要我集中精神，什麼都別想，只管往前衝刺。爸爸站在總教練身旁，一言不發，與我對上眼時，他點點頭，彷彿千言萬語都含在眼裡了。

「好兔、好兔、走花路！好兔、好兔、破紀錄！」

我回頭，朝觀眾席上的花梨大學座位區遠遠望去，小鈴學姊她們號召了我網上三萬粉絲來加油，啦啦隊擠爆現場，在郝蕾和學姊們的帶領下，全體拉著布條，手拿寫有我名字的LED板，喊聲震天。

在一片喧騰中，我一眼便看見歐時庭，他穿著花大代表隊的隊服，雙手抱胸，靠著鐵欄杆，雙眼一瞬也不瞬盯著我，對比啦啦隊的激昂，顯得格外冷靜。

因爲我懷抱著的，是我們小時候共同的夢想，爲了不影響我的表現，他說他會在看台上默默替我加油。

其實，我覺得最緊張的人是他。

我單手上舉，朝加油區揮了揮，給歐時庭一個自信的微笑，傳達「我很好，會努力加油」的訊息。

司儀的聲音透過廣播，響徹整座游泳場館，他依序唱名，選手們一一出場。我在比賽之前就是各方關注的對象，大家對我寄予厚望，毫無意外地，我被排在俗稱冠軍水道的第四水道。

我緩緩脫去身上的隊服，戴上泳鏡，輕拍身體，上下跳動，好活絡筋骨。

一長聲哨音，我站上跳水台，彎姿預備，眼睛盯著自己反扣跳台的手指腳趾，專注聆聽。全場屏息以待，那一瞬間的靜謐，宛如全世界只剩下我自己。

從寒訓開始到全大運，大概兩個月的集訓期，我依照總教練的訓練計畫，將目標訂在打破女子五十公尺自由式的全國紀錄，以達到亞運參賽標準，進入國家隊。

他告訴我：「小兔，放心把自己交給總教，我會全力幫妳的。往後要進行的訓練，跟妳過去所接受的傳統訓練很不一樣，一開始妳可能會不習慣，但妳一定要撐過去。」

徐俊總教練是國家級教練，訓練菜單還搭配了運動科學，他帶領學校的體育科研團隊分析我過往的比賽狀況，針對我的反應、離台時間、入水距離等，做數據分析，重新規畫訓練模式，帶來技術上的提升。

我的爆發力強，卻有續航力不足的問題，通常在三十公尺之後會掉速度，這部分便被總教練要求加強陸上重量訓練的力度。

我很不喜歡做重量訓練，但身爲一個運動員，基本肌力的提升是十分必要的。

總教練很實在，他說：「小兔，妳是老天爺賞飯吃，過去憑的是天賦與足夠的訓練將妳一路拱上來，可是妳沒有感受過情緒上的激昂，以及那種為了追求目標而拚命的求勝決心，對吧？」

我點頭。

這是我第一次擁有明確目標的比賽，那種想要挑戰自我的慾望，每天都火騰騰地燃燒著我的胸口，我終於明白，原來人家所說的「熱血」，是這麼一回事。

「很好，保持著這份熱情，它會幫妳撐過未來的每一次挑戰。當妳打破全國紀錄，那就挑戰打破亞洲紀錄；打破亞洲紀錄，那就挑戰打破世界紀錄，倘若妳的紀錄再無人能破，就妳自己破。」

「好！」我還有點控制不了胸口的那份強烈情感，抑止不住地激動發抖。

「我相信妳的體能肯定能應付訓練，但心理素質才是妳的重點，妳一定要相應提升，否則就會影響妳的比賽表現。」

新形態的訓練方式，對我而言是一種全新的嘗試，沒多久，我便嘗到轉型時的痛苦，努力的同時，我必須很小心地不讓自己受傷，因此我每天都過得戰戰兢兢。幸好歐時庭一直陪在我身邊，他就像保母一樣，把我照顧得無微不至，那段期間，只要他沒事，他便會陪著我練習。

記得正式訓練開始後的兩週，我每天哀哀叫，因為重訓帶來的乳酸堆積，讓我全身無時無刻不處在肌肉痠痛的狀態。

「郝逸希，起來！」

我癱在重訓室的地板上，呈大字型耍賴，「不行了、不行了，我心態崩了，得去找諮商心理師。」

「妳那不是心態崩，妳只是不想重訓。」

「上去！」他直接把我從地上拽起，雙手抓住我的腰，將我往上一撐，我整個人騰空飛起。

我傻了。

「妳是在發什麼呆，還不快抓住桿子，很重！」

「喔、喔……」

我往上一看，慌忙抓住頭頂的桿子。原來歐時庭只是要我做引體向上，我不小心又胡思亂想了。

引體向上是我的弱項，所以歐時庭的雙手一直掐著我的腰，幫助我上舉。

然而沒拉幾下，我便感到極度痛苦，第一次對自己有所期許，沉重的心理壓力和疲憊的身體讓我好崩潰。

「歐時庭，我真的、真的不行了……」我的聲音顫抖著，雙手無力地垂放，直接把全身的重量壓在他身上。

他將我輕放在軟墊上，我伏地痛哭，「突破自己怎麼那麼難……」

「妳沒聽過一句老話？最大的敵人就是自己，要贏別人不難，但如果敵人是自己，要想下重手，容易嗎？」他拍拍我的肩，「今天先休息吧，我帶妳去吃冰淇淋。」

我驚愕抬頭，眼淚都忘了要掉下來。

集訓期間，我的飲食都是被嚴格控管的，何況是吃冰淇淋，怎麼可能！

他似是看穿了我的心思，伸指點點我的鼻頭，「忘了總教說的嗎，妳最大的挑戰是在於心理素質的提升，所以如何將心理調適在一個平衡的狀態，這也是很重要的。」

歐時庭的確很懂得掐我的心理，我破涕爲笑。

「來，躺好，我先幫妳按摩釋放乳酸，等一下妳盥洗的時候，我就去跟總教報備一聲，再帶妳去吃冰淇淋。」

「好。」儘管我早已不是孩子了，但他還是那個在我痛苦難受時，會帶我去吃冰淇淋的好哥哥。

因爲那一次心情上的放鬆，後來試游，我竟然突破了自己的瓶頸，成績直逼全國紀錄，也因此建立了我破紀錄的自信。

現在，就是匯聚兩個月訓練成效，一舉爆發的時刻，我毫無懸念已是奪冠人選，但我挑戰的是自己的速度，而非名次，如何完美做到細節、超越自我，才是我今天站上這個跳台的最終目標。

最終章　好兔推倒窩邊草

耳邊傳來裁判喊聲：「預備——」

我屏息，全神貫注，微壓低身子，蓄勢待發。

「嗶！」

哨聲短音響起，我奮力縱身一躍，幾乎是沒有時間差地蹬了出去，在空中將全身的力量往前匯聚。

唰啦！

隨著清脆的入水聲，一陣冰涼感從腦門穿過四肢百骸，水流順著我的身體線條滑過，我專注著前方，精算呼吸以及划水節奏，在腎上腺素旺盛的情況下，更努力凝住自己的爆發力。

游過三十公尺，我克服過去會稍微疲軟的狀態，一路壓著紀錄線前進。

那一瞬，我真正感受到自己是天生生活在海裡的兔子，像子彈那般全速往前，最後十公尺，我甚至完全沒有換氣，直接衝刺到終點，觸牆出水的那一刻，全場歡聲雷動！

我還沒回神，只聽見廣播那頭熱切地喊著：「天哪，打破亞洲紀錄！」

亞洲紀錄，是我嗎？

我連忙回頭看向電子計分板，「郝逸希」三個字已經跳到最上排，完賽時間顯示二十四秒○二，遠超過我的目標全國紀錄二十五秒九。

「恭喜第四水道，花梨大學郝逸希打破亞洲紀錄！不只是全國紀錄，女子公開組五十公尺自由式，郝逸希選手游出二十四秒○二的成績！她打破的是亞洲紀錄！」主辦單位激動宣布。

我不敢相信，興奮地握拳拍水、大聲尖叫，一顆心劇烈狂跳。我不僅取得亞運資格，依照上次奧運的標準，我甚至可能達到二○二○東京奧運A標，太驚人了！

我個人成績從來沒有突破過二十五秒，即便我被譽為十年難得一見的游泳天才，也沒能在全中運時辦到。

上岸後，我還有點恍惚，就見面前衝上一堆媒體記者。我引頸張望，想找總教練或爸爸，但我誰也沒見到，賽後即時訪問是現場直播，我沒得退，只好自己面對眼前團團圍住我的鏡頭以及麥克風。

「請問妳有想過自己會打破亞洲紀錄嗎？」

「我、我不知道……」我直覺反問記者：「妳打我一下好嗎？我是不是在做夢？」

「妳的確游出了二十四秒○二的佳績，還要我打妳嗎？」一道熟悉的嗓音傳來。

回答我的，不是被我詢問的女記者，而是歐時庭。

他的出現，又引起記者群一陣鼓譟。

「請問你是教練嗎？」

「不是，我只是個……和她一起完成夢想的人。」歐時庭勾脣一笑，「不好意思，訪問就到這裡結束，接下來是我的時間。」

他攤開手裡的大浴巾將我裹住，同時牽起我的手，在眾目睽睽之下，霸氣地把我帶走。

「欸，你這樣，大家都知道我被你拐走了！」我緊緊跟著歐時庭，髮梢還滴著水。

「我就是要讓大家知道，是我把妳拐走的。」

我倏地臉紅，好不容易緩和下來的心跳，由於他的這句話，又怦怦直跳起來。

我們一路走到練習池，他這才停下腳步，轉過身，抓起我披著的浴巾一角替我擦拭身上的水珠，接著，他忽然傾身緊緊將我抱住。

「小兔，妳好棒，我就知道妳辦得到。」

「歐時庭，謝謝你。」我靠在他的胸膛前，聽著他和我一樣怦然躍動的心跳聲。

原本像是做夢般地不可思議，直到被他抱在懷裡，我才有了一點眞實感，彷彿夜空中閃耀的星星終於落到了我的手中，被我牢牢握在手心裡。

「妳要謝謝妳自己，沒有放棄游泳，堅持當水中的海兔，郝逸希。」他放開我，低首捧住我的臉，微微上抬。

「是你鼓勵我要做自己的，差一點，我就因爲顧慮別人的眼光，忘了自己可以發光發熱的模樣。」我好感動，情緒亢奮到想哭。

「看妳這麼感動，是不是要以身相許了啊？」他勾起一抹壞笑。

「你在胡說什麼啦。」我被他瞧得雙頰通紅，覺得再繼續被他盯著看，我就要燒起來了。

「小兔，其實妳小時候曾經說過，拿了世界冠軍後要嫁給我。」

原來那個夢是眞實發生過的事！

「我記得，你還說——」

「笨蛋，不用拿世界冠軍也可以嫁給我。」歐時庭搶了我要說的話，並問我：「小兔，既然妳從小就想要嫁給我，怎麼長大之後還讓我兜圈子追著妳轉？」

「我以爲……兔子應該要吃蘿蔔才對，你是窩邊草，兔子不吃窩邊草的啊。」

「妳錯了。」他屈起指節，敲了下我的額頭，「兔子的主食，就是窩邊草。」

啊，原來是我誤會了。

「所以我們現在是……論及婚嫁了嗎？」我問。我才大一欸，這進展好像有點太快了。

「唔……」他歪頭，做出沉思的樣子，忽而又抬眸凝視著我，「如果要論及婚嫁的話，妳還少說了一句很重要的話。」

咦？

「就由我示範一次吧。」看我傻愣愣的，他抿唇笑了笑，極有耐心地誘哄：「郝逸希，我喜歡妳，我從小就想娶妳。來，跟著照樣造句說一遍。」

他的話令我登時臉紅。

儘管我有些遲鈍，但他的暗示也太明顯了，這男人，分明在拐騙我呀。

不過，我願意。

「歐時庭，我喜歡你，我從小就……」

我話還沒說完，歐時庭已經捧著我的臉頰，低首湊近，以軟軟的嘴唇堵住了我後面的話語。

他親得很投入，一手環抱著我，一手壓著我的後腦勺，好像要把我吃下肚似的。

其實，也許我早就喜歡上這個人好久了，只是我害怕他不喜歡我，害怕他就算喜歡我，有一天那樣的喜歡也會消失，只有和他當兄妹，我們之間的情誼才能永遠不變……但現在好像不用擔心了，對吧？

他曾經說過，他不只是哥哥，也是男朋友，那未來也會是……老公。

哎呀，好害羞。

越想越難為情，我忍不住嬌羞推開他。

然而我忘了我們就站在練習池旁邊，這一推，加上反作用力，我和歐時庭雙雙摔進游泳池裡！

水的衝擊力道將我們分開，我眼睜睜看著他一個人往下沉。

歐時庭！

天啊，雖然他整個寒假都陪我泡在泳池裡練泳，但他還是沒能克服對水的恐懼啊！

我急忙潛進水裡，將已緩緩沉到池底的歐時庭給救了起來。

這下，換我要替他人工呼吸了。

不過沒關係，我有一輩子的時間，能夠不停教他游泳、推倒他、幫他人工呼吸。

因爲，我是活在海中的兔子，水裡，就是我發光發熱的地方。

我，就是我最好的樣子。

（全文完）

番外
好兔的異地戀

全大運之後，我的人生出現了兩個大變化。

首先，我談戀愛了，對象是歐時庭，這件事我到現在仍然覺得很不可思議。

第二，我被徵召進國家隊，必須前往國訓中心接受訓練，以備戰亞運。

可是國訓中心離花梨大學不是普通的遠，它超級無敵遠！以前我想離歐時庭越遠越好，卻始終擺脫不了他；誰知在莫名其妙與他談起戀愛後，竟眞的被拆成一北一南，只能透過冷冰冰的視訊幻想對方的溫暖，簡直造化弄人。

第一次進國訓中心就嘗盡異地戀的苦澀，那種心酸啊……嘖。

然而，我選的是一條踏上就回不了頭的路，只能拚命往前走，直到再也走不下去爲止，由不得我中途喊停。

國際游泳總會公布奧運參賽標準後，我的成績達到A標，毫無懸念取得參賽資格，全泳隊欣喜若狂，只有我不開心，因爲那代表我又得再次前往國訓中心，爲即將到來的二〇二〇東京奧運，接受更長久、更具計畫性的培訓，到時候肯定得和歐時庭分開更久、能自由活動的時間也更少，對我的戀愛生涯極爲不利。

所以我一直逃避現實，直到出發的日子迫近，已經是大二下學期的事，而我還是沒能調適好心情，甚至臨行前一天，我依然哭哭啼啼。

「收行李啊！」郝蕾把我的衣服從衣櫃裡拿出來，全部堆在地上。

「不要。」我耍賴，抱著我的兔子布偶，死活不肯就範。

大二之後，我和郝蕾在學校附近合租一間套房，歐時庭爲了方便照應，也搬來同一棟大樓，就住在我們的對門，我在房間裡拖拖拉拉不肯收拾行李，郝蕾勸不動我，乾脆跑去對面打小報告，歐時庭很快便跟在她身後進屋，準備整治我。

「歐巴，你看看她，都什麼時候了還在耍任性，我實在拿她沒辦法，肚子又餓得要死，得出門覓食，這裡就交給你啦！」說完，郝蕾立刻落跑，大門碰的一聲被闔上。

霎時間，屋子裡只剩下我和歐時庭，我仍是維持原本的姿勢，坐在衣服堆裡一動也不動，他也沒要和我搭話的意思，僅是在我身邊蹲了下來，徐徐撿起地上的衣服，一件件疊好，放進攤開在地上的行李箱。

他的舉動，讓我忍不住哭了出來。

我不收行李的原因除了捨不得離開之外，還有就是我很不擅長打包，總是將衣物胡亂堆疊進行李箱，然後苦惱著怎麼行李箱裡就沒空間了。

「你不要幫我收啦！」我抓住他的手，不讓他繼續。

「現在不收，明天就會來不及出發。」歐時庭的頭低低的，劉海垂下，我的阻止並沒有發揮作用，他的手仍不停在疊衣服，動作十分熟練。

「我、不、要、去！」和歐時庭談戀愛後，他對我的容忍度似乎一天比一天高，養得我的膽子越來越大，面對他，任性耍賴什麼的，我信手拈來完全無障礙。

「妳傻了嗎？妳現在要做的可是爲國爭光的大事，不要小鼻子小眼睛的只顧著眼前兒女私情，行嗎？」歐時庭皺緊眉頭數落我。

「這兒女私情也是跟你啊！我就、我就不想再跟你分開那麼久嘛……」我哭著說。

歐時庭本來是想罵我的，見我落淚，他居然也跟著紅了眼眶。他停下手邊的動作，猛地把我攬入懷裡，輕嘆了一口氣，「我也不想。」

他的額頭抵著我的，捏住我的臉頰，「可是，妳必須去。妳好不容易拿到前往奧運的門票，實現了好多人的夢想，妳的、我的、郝媽的、郝爸的、總教的，妳不能任性。」

「但是要跟你分開好久……你會不會交別的女朋友？」我哭哭啼啼地問，我害怕的其實是歐時庭變心。

聞言，歐時庭的溫柔不再，「郝逸希，妳是想把我氣死嗎？」他一把推開我，水潤的眼眸似是冒起火苗，死死瞪著我。

「那麼多女生對你有意思，我擔心嘛！」我抽抽噎噎。他長得那麼帥，讓人很沒有安全感嘛。

「聽著，妳給我進國訓中心好好接受訓練，不准亂想！我要是想交別的女朋友早就交了，沒必要黏上妳這個鼻涕蟲自找麻煩。」他幾乎是咬牙切齒地說。

「你說的喔，如果被我知道你偷交別的女朋友，我就、我就……」

我就要幹麼？

我也不知道，就覺得應該要恐嚇一下他，才有辦法圓起我搞出的這一堆任性舉動吧。

「爲什麼妳老認爲我會去交別的女朋友？妳根本有被害妄想症。」歐時庭嘴角撇了下，像是在笑。

「對啦，我就是有被害妄想症，而且我那麼笨，如果你偷吃我一定不會發現。」內心小劇場一上演就沒完沒了，那畫面占滿我的腦海，簡直令人崩潰。

「的確。」

歐時庭居然同意了！

他煞有介事點點頭，我正準備抗議，他又接著說：「但，我不是說過嗎？就因爲妳這麼笨，我才會這麼喜歡妳。要找到第二個像妳這麼傻的女生也不容易了。」

欸，聽他這般說，我到底該開心還是生氣？

「何況，我八月要參加司法官考試，要分心照顧妳已經很花時間了，哪還有閒工夫偷吃？」

咦，對齁！歐時庭六月就要畢業了，對法律系來說，這段時間可是個得瘋狂浸在圖書館K書的時期，即便他是學霸歐時庭，也眞沒閒工夫搞事。

如此，我就放心了。

❖

結果，歐時庭騙人啊。

我們分開的前幾個月的確是相安無事，我專心接受我的訓練，歐時庭認眞讀他的書，每天晚上我們都會固定開視訊聊天，他也會配合我放假的日子，平均一個月來找我一次，雖然是遠距離戀愛，見面的次數銳減，但我們只要能夠甜甜蜜蜜地約會就很心滿意足。

我以爲，這樣幸福安穩的日子能一直持續到我比完東奧賽事，然而，隨著歐時庭大學畢業，這一切卻開始慢慢變調。

起初是歐時庭報名參加了司法官考前衝刺班，於是我們能聯絡的時間日漸減少，到最後幾乎是一個禮拜講不到幾通電話。我知道他就快要考試了，壓力肯定很大，也不敢隨便打擾他念書，郝蕾幾次傳訊息警告我，我都不以爲意，直到有一天，她直接跑來國訓中心找我。

我拖著訓練過後的疲憊身體從床上爬起，走到會客室，郝蕾一見我就撲上來，我差點沒跌個狗吃屎，還沒來得及開口，就聽她忙不迭地慌張大叫：「出大事了郝逸希！」

「天大地大鼻屎大的事，都比不上妳把我從床上挖起來的事大。」我挑了張舒服的沙發，繼續癱成一顆馬鈴薯。

「歐巴他偷吃了，妳確定妳還睡得著？」她湊在我耳邊大喊，吼聲震天，我的耳膜差點被她喊破，卻仍清清楚楚接收到這個石破天驚的消息。

「哈哈哈，怎麼可能？」我第一個反應是大笑。

拜託，他忙著讀書都來不及了，哪有閒工夫偷吃？

「還笑？」郝蕾恨鐵不成鋼，往我的腦袋瓜巴下去，迅速分析：「歐巴是不是很久沒來找妳，而且他越來越少跟妳視訊或講電話？」

「對啊，但那是因爲他忙著準備司法官考試，就快八月了，他閉關也很正常。」我替他找理由。

「郝逸希，事情不是憨人所想的那麼簡單。」郝蕾用一種奇怪又帶點憐憫的眼神看著我，「雖然我也不敢相信歐巴會這麼做，但我人證、物證都有，還親眼看到了！」

她隨即滑開手機，向我展示一張模糊到我以爲經過馬賽克處理的照片，作爲佐證，見我看半天沒反應，又補充解釋：「就在妳努力練泳，準備爲國爭光時，他跟另一個比妳漂亮、比妳嬌小還比妳聰明的女生，走到了一塊。」

「妳說什麼？」我很想學電視劇裡的女主角，嘴唇顫抖、淚珠在眼眶打轉卻不落淚，然而這技能實在太難，我最後也僅僅是從橫躺在沙發上的馬鈴薯，翻身成直立狀。

這就是我最激動的樣子了。

「歐巴在考前衝刺班認識了一個女生，兩個人有共同的目標，就一起讀書，一起準備考試，然後他們就在一起了。」

「不可能。」討厭，我才不相信。

於是，郝蕾為了證實自己的情報正確，加上我的意志不夠堅定，便在她的慫恿下，匆匆忙忙向中心請了假，連夜坐車回到我們的租屋處，再轉往歐時庭的補習班外蹲守。

下午五點鐘，補習街陸陸續續湧現下課人潮，我遠遠就望見個頭高人一等的歐時庭，再往旁邊一看，果然看見他身旁緊跟著一個女生，兩個人並肩走上擁擠的大街，他側低著頭不知道在跟那個女生說什麼，女生還勾著他的手，踮起腳尖，仰頭回話，看上去很親密的樣子。

可惡！她不只比我漂亮比我聰明，身高還只到歐時庭的肩膀，是傳說中的最萌身高差，她偎傍在他身邊的模樣，四個字可以形容，就是我一輩子都辦不到的小鳥依人！

到底是我眞的太笨，還是歐時庭太可惡，我居然會相信他說的那些鬼話！

什麼要讀書沒時間搞事，他就是來讀書才能搞這事！

熊熊怒火呑噬了我的理智，我拔腿衝了出去，等我回過神時，人已經站在歐時庭和那個女生的面前了。

「小兔，妳怎麼會在這裡？」歐時庭的表情很是驚訝。

我人是殺到他眼前了，可我卻不知道自己該說些什麼，只是瞪大眼睛看看他，又看看他身旁的女生，最後視線定格在女生勾住他的那隻手上。

「妳不要誤會！」歐時庭很快意識到我的不對勁，他迅速抽回自己的手，往旁邊跨了一步，拉開與她的距離。

他。

「時庭，這位是你妹妹嗎？好可愛，介紹一下啊。」女生露出甜美的笑靨，仰頭問

然後我就哭了。

那場面，我一句話也說不出來，只好轉身跑走。

「你妹個屁！」

郝蕾追過來時，我正好與她擦肩而過，只聽到她飆了句髒話，以及歐時庭急促的一聲解釋：「她是我女朋友。」

歐時庭很快追上我，拉住我的手將我扯進他懷裡，我第一次聽到他的口氣如此慌張：「小兔，妳誤會了。」

誤會什麼？我都親眼看見了！

我最害怕的事還是發生了，我從小到大最不願意見到的事還是發生了。

「歐時庭，你居然背著我偷吃，我要跟你絕交！」我用力推開他，再度跑開。

什麼爛肥皂劇橋段啊，爲什麼就發生在我身上了呢？

「就跟妳說了我沒有！郝逸希妳這個笨蛋，發什麼神經啊？絕交就絕交，妳不要後悔！」歐時庭被我惹火，在我身後大罵。

我就是個笨蛋，才會這麼相信他，嗚嗚嗚。

我悲痛欲絕，誰也不想理，乾脆衝回車站，一個人搭車離開這傷心地。

❖

回到國訓中心那會已經半夜，我難過地走在通往中心的暗巷，沒留意後頭跟了個變態，他趁我低頭掏面紙準備擤鼻涕時，以硬物襲擊我，打得我頭昏眼花。

我吃痛摔了一跤，隨即又被人用繩索之類的東西猛地勒住脖子，不斷將我往後拖，那一剎那，我眼前彷彿浮現了人生跑馬燈，可能就此得跟這個世界說再見。

我也太倒楣了吧！

幸好我是個運動員，反應比一般女孩敏捷得多，力氣也大，費了一點勁掙脫後，回頭換我揍了他好幾下，雖然那人最後被我打跑，但我也已經狼狽不堪了。

我沒想到報警，一拐一拐地走回宿舍才想起要害怕，全身還痛得要命，意志力潰散，完全忘了不久前才剛跟歐時庭嗆聲要絕交，掏出手機見一排未接來電全是他，下意識便撥了出去。

「小兔，妳終於回我電話了。」歐時庭第一時間就接起手機，語調帶著顫抖。

「歐時庭，我好痛……」一聽到他的聲音，我立刻委屈地喊疼。

「妳現在在哪裡?發生什麼事了?」歐時庭大吼，如果可以，我覺得他會馬上從話筒裡冒出來。

「我、我回到中心了，可是剛剛遇到壞人，他攻擊我，我差點要死掉了！嗚嗚嗚……」我號啕大哭，情緒十分激動，一股腦兒把自己的恐懼傾瀉而出，話說得顛三倒四。

歐時庭被我的狀態嚇壞，跟我講完電話後，回頭便聯繫了徐俊總教練，他現在是我的貼身教練，跟著我進了培訓隊，負責我在國訓中心的生活起居與訓練。

身為一個即將背負重任出戰奧運的選手，我的身體早已成了國家的資產，我被不明人士攻擊的事也就非同小可。徐俊得知消息後立刻往上通報，接著救護車就「喔咿喔咿」開進國訓中心，大半夜的，燈火通明，將這件事弄得人盡皆知。

被送進醫院做了連寒毛都不放過的各項詳細檢查後，我被要求臥床一個月靜養，而出事隔天，歐時庭也趕到醫院，依然嘮嘮叨叨地把關心轉化成碎碎念。

「妳真的是……那個變態已在那一帶犯案多次，總教說他一再宣導女孩千萬不能落單走夜路，妳怎麼還那麼不小心？」

「還不都是你害的，我傷心得要命，只顧著哭，沒注意到有人在跟蹤我嘛。而且，我看起來不是像個男生嗎，應該很安全啊。」

「誰說妳像男生？妳把頭髮留長之後，根本就是新垣結衣。」歐時庭撫過我及肩的髮絲，定定地看著我，嘴角微勾，表情變得溫柔許多。

每當他這樣凝視著我，我都感到害羞不已。

可是，今天不一樣！

在我心情平復之後，理智告訴我必須繼續生氣，我們目前仍是處於絕交、尚未談和的情況。

「那你還偷吃其他女生！」我對著他齜牙咧嘴。

「小兔，妳真的誤會我了。那個女生是我系上的直屬學姊，她已經考上律師，在補習班兼職帶讀書小組，負責輔導我們準備考試，我和她真的沒什麼。」歐時庭嗓音低沉，神色凝肅地鄭重解釋。

「不對。」我斬釘截鐵搖搖頭，「郝蕾說你們有共同的目標，一起讀書、一起準備考試，然後就在一起了。」

「郝蕾根本不認識學姊，她到底是怎麼編出這些事的？」歐時庭扶額。

他看上去不像是在騙我，但我還是覺得自己不能太輕易妥協，於是我緩緩開口：「我不要相信你。」說完，我刻意別過臉。

「是真的，那個學姊有男朋友了。」看得出歐時庭正竭盡所能證明自己的清白，他甚至點出學姊的臉書給我看，上頭全是她和男朋友的甜蜜自拍照。

「可是郝蕾說她人證、物證都有，我也親眼見到你們走在一起。」她有男朋友，不代表她不會勾引別人的男朋友。我還是抱持懷疑的態度。

「我的老天，到底要怎樣妳才會信？她所謂的人證、物證肯定是聽信謠言，別人要怎麼編故事我不管，但妳不能跟著當真啊。」

「可、可、可是，郝蕾說……」歐時庭辯才無礙，我一時講不贏，頻頻結巴。

「這個郝蕾，整件事全是她惹出來的，回頭我絕對要找她好好算這筆帳。」歐時庭咬牙切齒地說。

我歪頭打量著，思考他話裡的眞實性。

眞的是我誤會他了嗎？

「那爲什麼學姊要勾著你的手，你們講話的時候爲什麼要靠得那麼近？」我又抓到一個bug，繼續猛打。

聞言，歐時庭突然不再說話，只是偏頭淡淡地笑了。

什麼啊，吵得這麼不可開交的時刻，他笑什麼笑！以爲這樣我就會被他的美色迷惑而心軟嗎！

「小兔，我怎麼覺得妳吃醋的時候，忽然智商都在線了。」

咦？

他趁我還愣著，從後面環抱住我，下巴靠在我的肩頭上，語氣和緩地解釋：「我那天是在跟學姊討論一個判例，才會一起走出補習班。當時附近很吵，我眞的聽不清楚學姊說些什麼，她只好勾住我的手，湊到我耳邊又說了一次她的見解，哪知道妳突然出現。」

「是嗎？」聽起來好像滿有道理的，可是……怎麼就那麼剛好被我撞見？

「我就讓妳這麼沒安全感？」

「嗯，誰叫你長了一張禍國殃民的盛世美顏！」我氣噗噗。

歐時庭嘆了一口氣，「唉，我看我這輩子都別想清白過日子了。」

第一次看他一副被打敗的樣子，而且是被我打敗，我反而有點於心不忍，一時間，也不知道該不該跟他繼續嘔氣。

幾天後，除了歐時庭之外，我這裡又來了幾個訪客——郝蕾、歐時庭的直屬學姊和她男友，還有一位不認識的老先生，經過介紹，我才知道老先生是歐時庭的補習班班主任。

「你為了證明自己的清白，居然把這一群人大老遠找來對質？」我不可思議瞪大眼望著歐時庭，卻見他一臉無辜地搖搖頭。

「是我。」郝蕾走上前拉住我的手，愧疚道：「好兔對不起，都是我聽信謠言，才會害妳跟歐巴吵架，還躺進醫院……」

「嗄？所以那真的是一場誤會？」

「嗯。」郝蕾點頭，「怕妳不相信，我特別拜託他們來證明歐巴的清白。」

結果，這群人居然是郝蕾找來的。

經過一番解釋，事情真的就像歐時庭說的那樣，是我誤會他了，整件事就是一起烏龍事件，我不只做了蠢事，還被變態攻擊，甚至得躺在醫院裡靜養……我好笨啊，嗚嗚嗚。

「齁，郝蕾妳真的好雷耶！」我跳腳。

訪客離開後，我覺得實在很對不起歐時庭，便小小聲跟他道歉，結果他竟趁四下無人之際威脅我：「如果再誣賴我偷吃，我就吃掉妳！」

欸！

又過了好幾天，我見歐時庭仍在醫院裡晃悠，忍不住開口問：「欸，你不用回去蹲補習班了嗎？」

「去那做什麼？讓我女朋友繼續誤會我？」歐時庭挑眉，嘴角噙著笑意，揶揄我。

「我哪敢？你都威脅要吃掉我了。」

「咦，跟我在一起久了，果然反應變快，居然還會回嘴！」歐時庭笑著撲上來，我們打打鬧鬧在病床上滾成一團。

「那你打算在這裡待多久？」從他懷裡掙脫開，我又換個方式問。

「隨便吧，待到妳膩。」歐時庭的語氣甜得不行。

「不是啊，你不是還要考司法官，什麼時候考試？」現在已經八月了，算算日子，差不多也該考試了吧。

「今天。」

「今天？」那他這大老爺怎麼還在這裡磨蹭！

我嚇得驚坐而起，用力推他，「你還待在這幹麼，快去考試啊！」

「來不及了，等我趕去考場，天都黑了。」

「那怎麼辦，你不是爲司法官考試準備了很久嗎？」我替他著急。

「明年再考吧。」

「你這樣不就要再多浪費一年？」他怎麼可以說得這麼雲淡風輕？

「我不覺得陪妳是浪費時間，除非妳看不起我這個無業遊民。」

這下我終於聽懂了。

「喲，你好煩，你幹麼這麼做啦，這樣我感覺很對不起你，都是我害的……」我哭了起來。

「妳真的是海兔鼻涕蟲耶，長那麼大了還是整天愛哭愛跟路。」他靠上前，將我抱在懷裡，右手有一搭沒一搭地輕拍我的背，忽地又改口笑道：「不對，這次愛跟路的是我。」

我雙手回抱他，耳朵貼在他的胸前，聆聽他沉穩的心跳聲，感覺好安心。

「歐時庭，好舒服喔，我想睡了……」心情一放鬆，人就犯睏。

「嗯。」

他輕輕拍著我的背，不斷在我耳邊嘮叨，但我實在太睏了，沒辦法回應他。

朦朦朧朧中，我彷彿聽見歐時庭對我說了些話：

「我捨不得妳一個人待在這裡，也放心不下妳。考試隨時都可以考，但只有我陪在妳的身邊，妳才能完全展現實力，所以我決定，我再也不要跟妳分開，未來一年，我就在這裡，哪裡都不去。」

後記

再次見面，請多多指教

嗨，好久不見，我們終於，又見面了。

你是不是正在想：這位大嬸在說什麼啊，誰跟妳又見面了？哈哈，儘管我天天在臉書和IG上發廢文，有追蹤我的朋友們對我應該不陌生，但距離上一次以這樣的形式出現在各位面前，已是三年前的事了。

這三年間，我其實一直都在，只是都在……鬼打牆（？）回首這段日子，說多了都是淚，不提也罷，總之我又復活了！而我能從洞穴裡走出來，就眞的要感謝POPO每年都舉辦華文大賞，只要熱愛創作的心不死，永遠都有機會嶄露頭角。

在華文大賞的比賽裡，我失敗過兩次，然而國父革命也是第十一次才成功，我失敗兩次算什麼？所以第三年我依然出現在賽場上，評審大人們大概會覺得很煩吧，這個人怎麼又出現了？XDDD

在創作《好兔推倒窩邊草》的過程中，故事裡的正能量同時也激勵了我，當好兔一路游破亞洲紀錄時，她也帶著我，突破了自己的瓶頸。華文大賞的比賽結果獲得優選，這已讓我感到此生無憾，沒想到不久後，我又收到作品通過實體出版審核的消息，當時我整個人興奮得直發抖，那種努力很久很久，終於有了收穫的感動，我想，只要經歷過的人，一定都懂。

不知道是不是巧合，上一本《愛情馬拉松》和這本《好兔推倒窩邊草》，都是以運動爲主題的愛情故事，這讓我想起曾有大師（對啦，花聆就是妳）說過我很適合寫運動愛情故事，雖然我的確是寫得很順，但，寫運動主題的小說眞的很累，下次可以寫霸道總裁愛上我的題材就好嗎？哈哈。

有關《好兔》這個故事，創作動機我在POPO網站上的完稿後記裡有稍微提過，在此，我就來披露些獨家內幕好了。

基本上姊姊我有點年紀了，校園生活離我已經很遙遠，爲了寫這個校園純愛故事，我努力翻了翻腦袋裡僅存的一點青春回憶，猛然想起，曾經，我也暗戀過隔壁班的男生，當時還不小心被好朋友套話，甚至還被好事的同學宣揚出去，結果那個男生得知後的第一個反應居然是：「XXX好醜，我不喜歡。」

在那心思敏感的青澀時光裡，哪個女孩禁得起這樣的評價，我因此難過了好久，後來就再也不敢隨便告訴別人我喜歡誰了。看看這殺傷力多大啊！過了二十年，關於年少歲月的事我幾乎都忘光了，就這段往事記得清清楚楚（謎之音：喂，不要隨便透露年紀！）

這一段內容，大家有沒有覺得似曾相識？是的，我把它寫進《好兔》了，就是林司宸說被好兔喜歡很丟臉的那段，劇情雖改編過，但的確是我的心情寫照，也是這個故事的最初發想點。我一直想著，如果當時有個從小一起長大，卻被我忽略的天菜級竹馬站出來幫我出氣，那該有多好，於是，「好兔」和「窩草」這兩個角色就這樣從我薄弱的青春回憶裡誕生了。

至於歐時庭這個名字，其實是由Austin直接音譯的，因爲我這個懶鬼想不出男主角的名字，轉身剛好看到我長子的安親班英文聯絡簿，就……直接拿來用了！反正他的英文名也是我取的，借來一用應該也沒關係吧，哈哈。

關於好兔和歐時庭兩人自小的緣分，則是我某天去保母家接次子，看到他和保母家另一個小女生的互動，靈光一閃，又一筆記下。人家說，創作取材於生活，我是不是做了很棒的體現啊？

總之，這是個跟我過去寫作風格不太一樣的故事，很簡單、很清純、很輕鬆、很可愛，充滿了正能量，陽光、正向、正三觀（過去是有多三觀不正XD），把我汙穢不堪的心靈都淨化了，我甚至覺得自己可以去寫童書了，哈哈哈。

另外，我想談一談，要怎麼保持正（ㄈㄥ）向（ㄉㄢ）的心態，面對這烏煙瘴氣的世界，而這也是我在粉專和IG上一直想要傳達給大家的觀念（趁機洗腦）。

這個世界很亂我知道，身處在低迷的大環境讓大家感到很down、看不到未來，即便如此，我們也不能放棄治療啊！我始終相信，想法會影響命運，當你全身都是負能量時，你就會變成宇宙中最大的負能量磁吸體，把所有不好的能量都吸到自己身上，讓自身的處境越來越慘；相反的，當我們抱持著正向想法時，生活會慢慢變得越來越美好，這就是吸引力法則，雖然聽上去很像某種邪教力量，但相信我，很有用，大家不妨試試。如果不知道要從哪裡汲取正能量，那就把《好兔推倒窩邊草》這本書帶回家吧，哈哈哈（我好像賣藥的）。

最後，再讓我嘮叨幾句（歐時庭上身）：「我們改變不了別人、改變不了世界，但我們可以透過自我的追尋，來肯定自己的價值。」這是《好兔》的核心，也是我想跟大家分享的理念。

最後的最後，謝謝POPO、謝謝總編馥蔓、責編岱昀、尤莉給我這個機會，並且和我一起努力讓《好兔》付梓出版，謝謝一路相伴的文友、親愛的讀者以及我的家人，謝謝大家的支持與鼓勵，未來，也請多多指教。

上官憶

國家圖書館出版品預行編目資料

好兔推倒窩邊草／上官憶著. -- 初版. -- 臺北市：城邦原創出版 ： 家庭傳媒城邦分公司發行, 民 108.03

面；公分

ISBN 978-986-96968-9-0（平裝）

857.7 108002641

好兔推倒窩邊草

作　　者／上官憶
企畫選書／楊馥蔓
責任編輯／楊馥蔓、姜岱昀

行銷業務／林政杰
總 編 輯／楊馥蔓
總 經 理／伍文翠
發 行 人／何飛鵬
法律顧問／元禾法律事務所　王子文律師
出　　版／城邦原創股份有限公司
台北市中山區民生東路二段 141 號 6 樓
電話：(02) 2509-5506　傳眞：(02) 2500-1933
E-mail：service@popo.tw
發　　行／英屬蓋曼群島商家庭傳媒股份有限公司城邦分公司
聯絡地址：台北市中山區民生東路二段 141 號 11 樓
書虫客服服務專線：(02) 25007718・(02) 25007719
24小時傳眞服務：(02) 25001990・(02) 25001991
服務時間：週一至週五09:30-12:00・13:30-17:00
郵撥帳號：19863813　戶名：書虫股份有限公司
讀者服務信箱 email：service@readingclub.com.tw
城邦讀書花園網址：www.cite.com.tw
香港發行所／城邦（香港）出版集團有限公司
地址：香港灣仔駱克道 193 號東超商業中心 1 樓
email：hkcite@biznetvigator.com
電話：(852)25086231　傳眞：(852) 25789337
馬新發行所／城邦（馬新）出版集團 Cité(M)Sdn. Bhd.
41, Jalan Radin Anum, Bandar Baru Sri Petaling,
57000 Kuala Lumpur, Malaysia.
電話：(603) 90578822　傳眞：(603) 90576622
email:cite@cite.com.my

封面設計／Gincy
電腦排版／游淑萍
印　　刷／漾格科技股份有限公司
經 銷 商／聯合發行股份有限公司
電話：(02)2917-8022　傳眞：(02)2911-0053

■ 2019 年（民 108）3月初版　Printed in Taiwan

定價／250元

ISBN　978-986-96968-9-0

POPO城邦原創 www.popo.tw　城邦讀書花園 www.cite.com.tw